EDITION MENZINGER 113

IN ALLER KÜRZE

CONRAD CORTIN

MARK GALSWORTHY

KARIO KARIOLOGIKER

mit Zeichnungen von
FRED RAUCH

Herstellung und Verlag:
Books on Demand GmbH, Norderstedt
ISBN 978-3-8448-0500-0

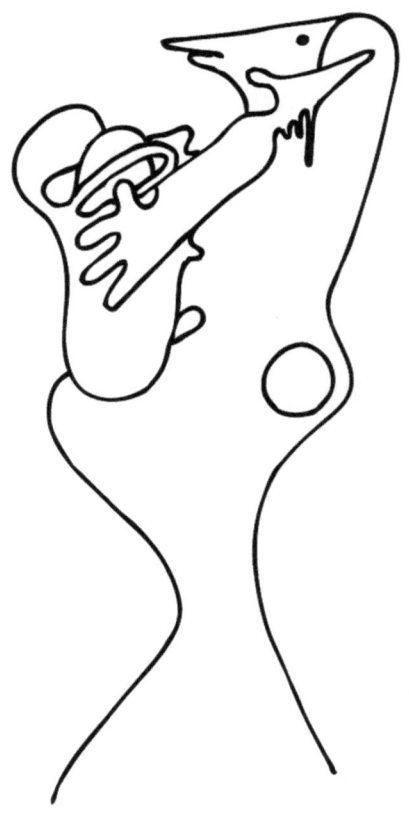

Inhalt

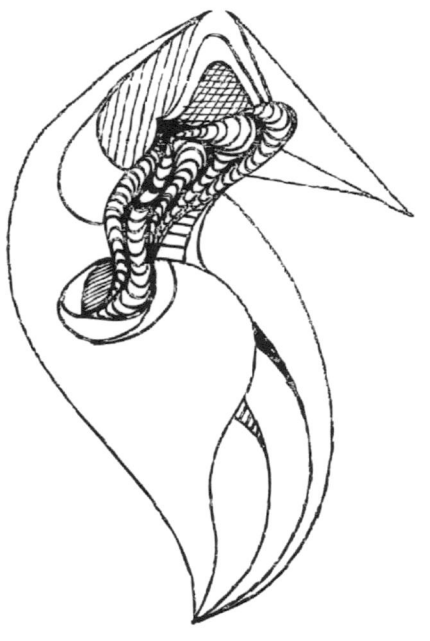

Conrad Cortin

LITERATUR
WETTBEWERB

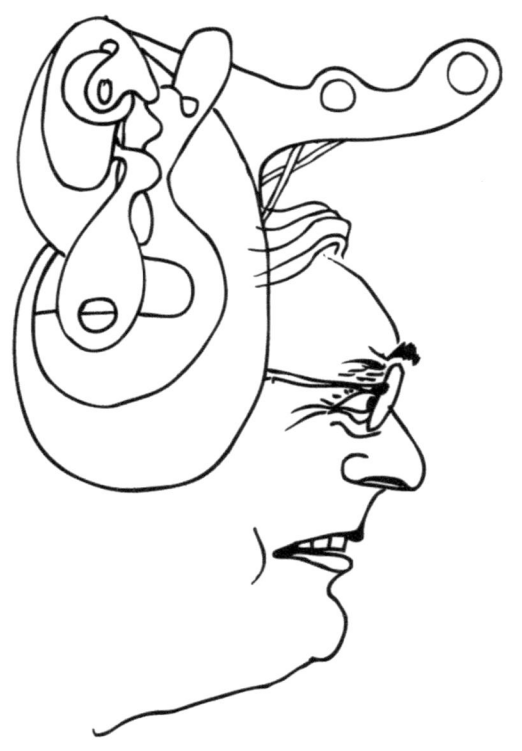

Code

Hinter dem Text, sagt er, den er sagt
oder schreibt, steckt noch ein anderer
Text; heutzutage, sagt der Mann aus
Stuttgart am Telefon, heutzutage sind
wir soweit. Niemand weiß mehr genau,
was ein anderer meint, wenn er was sagt
oder schreibt, Es wird alles codiert. Außer Klaus kennt sich keiner mehr aus.
Akzeptiert man das Angebot oder lehnt
man es ab. Man bekäme Zigaretten oder
Alkohol, aber nur unter der Theke. Oder
es gibt bloß eine Tüte mit Bonbons.
Klaus ringt nach Atem und geht raus.
Seine Frau und die anderen drei, Freun-
dinnen alle vier, warten auf eine Entscheidung. Sag, was soll ich sagen. Da
fällt es mir ein. Ich sage nicht „ja", ich
sage nicht „nein", ich sage „vielleicht".
Der Mann aus Stuttgart hängt ein. Klaus
kommt wieder herein. Wir feiern meine
Entscheidung. Mit Punsch und trocke-
nem Sekt, lieber hätte ich Wein. Noch
lieber aber bliebe ich nüchtern. Morgens
um Vier, ich will heim.

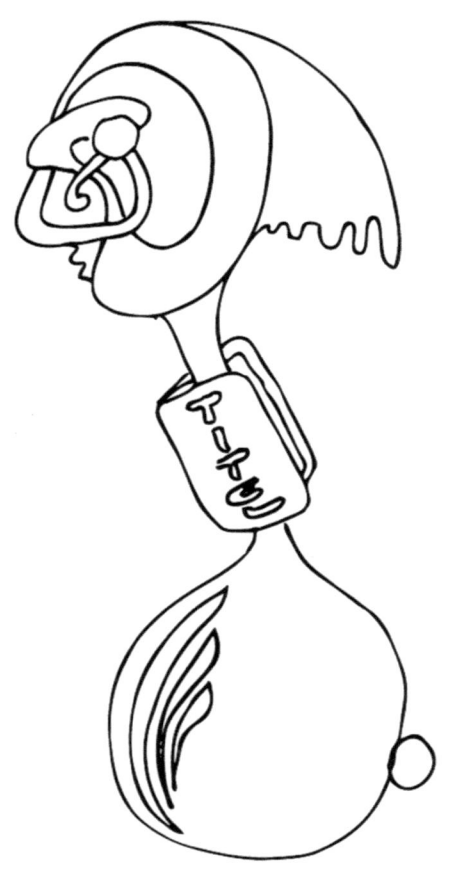

Literaturwettbewerb.

Leo sinniert. Sein Beitrag zum Literaturwettbewerb sollte dem Juror nicht gleich zu Anfang unterkommen, denn wenn der den Stapel abgearbeitet hat, erinnert er sich nicht mehr an die ersten Manuskripte. Andererseits ist der Juror übersättigt, wenn er sich bis zum Ende des Stapels durchgearbeitet hat. Er nimmt sich die Manuskripte nur noch kurz vor, liest ein paar Zeilen und legt sie angewidert beiseite. Hat er es mit einem umfangreichen Text zu tun, anerkennt er einerseits den Fleiß des Autors, andererseits könnte es ihn abschrecken. Gehört der Autor zum Bekanntenkreis des Jurors, ist das ein Nachteil, falls er den nicht ausstehen kann. Doch das trifft in Leos Fall nicht zu. Im Laufe von drei Monaten hat er einige Male durchs Parterrefenster des Kulturamts geschaut und sein Manuskript, einen prall gefüllten Schnellhefter, obenauf liegen sehen. Der Stapel blieb lange Zeit unberührt, obwohl der Einsendeschlusstermin längst verstrichen war. Daraufhin nahm Leo an, ja, er war sich sogar sicher, dass der Preisträger schon im vorhinein feststand.

Als er den Juror daraufhin ansprach, meinte der achselzuckend: "Freundschaft hin oder her. Aber gegen die Versepen einer feministischen Handarbeitslehrerin hattest du von vornherein keine Chance".

Kampfhähne.

Den Hähnen schwellen die Kämme, sie wetzen die Sporen, krähen um die Wette, rüsten zum Kampf. Wenn ich euch so beobachte ihr Herren, dann muss ich mich schon wundern. Ihr verkürzt euer ohnehin kurzes Leben. Gerade naht sich wieder der Boss mit der großen Hand, beugt sich über den Zaun, sucht sich den Stärksten unter euch aus, packt ihn am Kragen und schon habt ihr kampflos einen Kampfgefährten verloren.

Proband

Eine Stunde war er mit ihm gewandert,
eine Stunde hatte er mit ihm gesprochen,
eine Stunde mit ihm gegessen
und eine Stunde auf ihn geschossen.
Ergebnis:
Der Mann taugt nicht zum Schwieger-
sohn, er hat Angst!

Der Preisträger

Als er seine Papiere ordnet, fällt ihm ein
ungeöffnetes Kuvert in die Hände. Es
enthält ein Eignungs- und ein Charak-
tergutachten, ausgestellt vor einigen Jahren von einem Psychologen von der Be-
rufsberatung. In dem Gutachten heißt
es, er habe zwar eine Neigung für Kunst
und Literatur, aber es mangle ihm an
entsprechender Begabung. Als er das
liest, erschrickt er. Da ihm der Berufsbe-
rater keine Stellung vermittelt hatte,
schrieb er zum Zeitvertreib seinen ersten
Roman. Hätte er das Kuvert damals
schon geöffnet, hätte er bestimmt keinen
geschrieben. Jetzt ist es zu spät. Der

Roman wurde ein Bestseller. In den letzten drei Jahren hat er weitere vier Romane verfasst und dafür sechs Preise eingeheimst. Der Vertrag für das nächste Werk ist unterschrieben. Welche Blamage, wenn herauskommt, wie unbegabt er ist.

Der Wettbewerb

Der jährliche Betriebsausflug in unserer Firma fällt heuer aus. Statt dessen ist ein Wettbewerb angesagt, womit man, wie es in dem Rundschreiben an die Mitarbeiter heißt, im Trend liege. Morgen soll die erste Missmisterwahl über die Bühne gehen, genauer gesagt, über den Laufsteg. Alle männlichen Mitarbeiter haben in Frauenkleidern im Büro zu erscheinen. Die Jury besteht aus unseren Kolleginnen. Als Prämie lockt eine Reise nach Südamerika. Die würde ich gerne gewinnen, aber Aussichten habe ich keine. Schon deswegen nicht, weil die Jury mittags um 12 Uhr zusammentritt.

Um diese Tageszeit frühstücke ich noch. Trotzdem probiere ich am Vorabend verschiedene Sachen meiner Frau an, entscheide mich am nächsten Morgen dann doch für Jacke und Hose, allerdings für eine Größe, der ich schon seit Jahren entwachsen bin, und rasiere mich ausnahmsweise sehr sorgfältig. Viel nützen wird mir das nicht. Sie werden bestimmt sagen, ich sei außer Konkurrenz. Meinem milchgesichtigen Zimmerkollegen wird das keinesfalls passieren. Er gestand mir, er brauche sich überhaupt nicht zu rasieren, und sei auch sonst mit weiblichen Attributen ausgestattet. Genaueres hierüber hat er mir allerdings nicht verraten.

Er besitzt von allen Kollegen die besten Gewinnchancen. Doch legt er darauf keinen gesteigerten Wert. Er wäre viel lieber ein ganzer Mann. Das einzige, was ihm vielleicht Minuspunkte einbringen könnte, ist seine sonore, tiefe, männliche Stimme. Natürlich habe ich mich für den Wettbewerb verspätet, kam erst gegen zwei Uhr mittags in die Firma. Der

Preis war schon vergeben. Wer ihn ge-
kriegt hat, habe ich nicht erfahren. Unser Abteilungsleiter bekam ihn jedenfalls
nicht. Ich sah ihn im Treppenhaus vor
seinem Büro. Es ist mir ein Rätsel, warum er sich nicht vor dem Wettbewerb
gedrückt hat. Rechthaberisch, wie er ist,
und peinlichst darauf bedacht, sich keine
Blöße zu geben.

Sein magerer Oberkörper steckte in einer
Rüschenbluse, seinem breiten Gesäß
hatte er einen Schottenrock verpasst,
woraus seine dünnen behaarten Beine
herausstachen, verlängert durch grell-
farbene Pumps. Natürlich konnte er in
diesem Aufzug keinen Blumentopf gewinnen. Wer weiß, vielleicht findet er
sich selber hinreißend schön.

Die sanften Irren

Schulze informiert seinen Zimmernach-
barn: "In einer halben Stunde besuchen
mich zwei wichtige Persönlichkeiten.
Der eine ist der amerikanische, der andere der russische Außenminister. "

Schulze deutet damit an, Karl solle sich in sein eigenes Zimmer zurückziehen, weil er ihn nicht dabei haben wolle. Überdies hat Karl noch seinen blauen chinesischen Morgenmantel an, den er meist bis in den frühen Abend trägt.

Nachdem die Minister eingetroffen sind, und Schulze eine halbe Stunde mit ihnen konferiert hat, kann Karl seine Neugier nicht mehr bezähmen, er kommt aus seinem Zimmer hervor und setzt sich dazu. Schulze verzieht schmerzlich das Gesicht.

Schulze ist gerade dabei, den Besuchern zu erläutern, dass er dem Geschlecht der Merowinger entstamme und der letzte Anwärter auf den französischen Königsthron sei.

Karl will sein Licht nicht unter den Scheffel stellen und trumpft seinerseits damit auf, daß der Morgenmantel, den er trage, einmal einer merowingischen Königstochter gehört, und er dafür zwanzigtausend alte französische Francs auf den Tisch gelegt habe. Außerdem praktiziere er die neue Methode eines modern eingestellten Psychiaters, mit dem er befreundet sei. Damit würde man prima mit psychotischen Zuständen zurecht kommen.

Die Minister zeigen sich beeindruckt. Der erloschene Blick des Amerikaners leuchtet auf.

Wer Stimmen hört, erläutert Karl weiter, der solle sich um Himmels willen dessen nicht genieren, vielmehr sich bewusst sein, dass ihn vor den Durchschnittsmenschen eine besondere Begabung auszeichne.

Der Russe erkundigt sich nach der Adresse des Psychiaters und dann verabschieden sich beide. Der Amerikaner, klein, gelb und schmalgesichtig, wirkt eingeschüchtert. Der Russe, dick, groß und jovial, schüttelt Karl kräftig die Hand und lädt ihn zu einem Gegenbesuch in Rußland eine Etage tiefer ein.

Karl antwortet, er nähme gerne an, er käme morgen gegen Nachmittag runter und freue sich darauf.

Dann gehen die beiden in ihre Zimmer. Schulze ärgert sich und wirft Karl vor, der habe die diplomatischen Beziehungen beeinträchtigt.

Der Affe

Einmal in der Woche, jeden Donnerstag glaube ich, besucht Herr Specht seinen Affen. Der Affe wüsste es, ob Donnerstag oder Freitag. Denn er freut sich die ganze Woche über auf den Besuch. Genau genommen freut er sich wohl, aber sein Kummer ist weitaus größer. Er sitzt die ganze Woche über in seinem Käfig und bewegt sich nicht. Das kann doch nicht gesund sein. Nur mit Herrn Specht macht er jeden Mittwoch oder Donnerstag oder Freitag einen Spaziergang. Alleine ginge der Affe nicht. Schade eigentlich, denn die ganze Gegend steht unter Naturschutz. Mohrland, feuchte Wiesen. Auf so einer steht der Käfig. Der Affe holt sich hier auf die Dauer Rheuma oder wenigstens einen Katarrh oder den Keuchhusten. Sind Affen denn dafür überhaupt anfällig. Herr Specht versucht dem Affen Bildung beizubringen. Seit Wochen sagt er ihm jeden Donnerstag oder Freitag einen Satz vor. Der Affe soll ihn nachsprechen. „Wer rastet, der rostet!" Der Affe aber denkt nicht daran. Er weigert sich stur. Herr Specht soll einen anderen Satz probieren. Dieser stimmt doch nicht. Kein Wunder, dass der Affe ihn nicht aufsagen will.

DOPPELGÄNGER

Ampulle

Der ganze Mensch hat in einer Ampulle Platz., allerdings ohne seinen Körper. Die Bildung der Humanessenz beziehungsweise dieses Konzentrats ist längst über das Versuchsstadium hinaus gediehen. Es gibt inzwischen sogar Läden, Drugstores, in deren Regalen sind solche Ampullen aufgereiht. Ich habe das selber gesehen. Man kann sich bedienen, kann sich nach Wunsch welche aussuchen.

Die hellblaue Gallerte in der Ampulle da vorn links, das war früher mal ein Philosoph. Man muss ihn nur kurz in eine Nährflüssigkeit tunken und schon beginnt er zu philosophieren. Man hört ihn laut und deutlich reden. Aber man lasse sich bloß auf keine Diskussion mit ihm ein, er wäre nicht zu bremsen. Nehmen wir ihn lieber raus aus der Lauge, und stellen ihn ins Regal zurück. Da verharrt er dann im Koma, bis sich vielleicht wieder jemand für einen Philosophen interessiert.

Irgendwann steht jeder von uns vor der Entscheidung. Wenn sein Körper verschlissen ist, kann er sich in eine Ampulle abfüllen lassen oder auch auf konventionelle Weise ins Jenseits wandern. Wer aber noch einmal mit einem Körper mit allem drum und dran auf der Welt sein will, dem genügt die Nährflüssigkeit nicht. Der braucht als Nahrung die Liebe eines Menschen. So wie ich dich liebe und du mich.

Autor und Auto

"Wir müssen anschieben, sonst springt der Motor nicht an", rät der Autor. Der Verleger sitzt am Steuer. Der Autor und der Buchhändler legen sich mit aller Kraft ins Zeug. Aber das Auto bleibt gleich wieder stehen, und bewegt sich nicht mehr von der Stelle. "Es zündet nicht", stellt der Lektor fest, der untätig dabei steht, "es springt kein Funke über." Und nun ist die gerade Strecke auch noch zu Ende, es geht bergauf. Einer muss steuern, entscheidet der Verleger, und bleibt im Auto sitzen. Das Auto hat ein Einsehen und stottert ein bisschen vor sich hin. So schaffen sie die Anhöhe. Völlig abgespannt, aber erleichtert, blickt der Autor den Abhang hinunter. Der Verleger betrachtet ängstlich die abschüssige, schmale, kurvenreiche Straße. Er wird scharf aufpassen müssen, damit der Wagen nicht ins Schleudern gerät. Er möchte sich jedoch während der Fahrt Notizen über ungewöhnliche Motorgeräusche und sonstige Auffälligkeiten machen. Es muss also einer zu ihm einsteigen. Am besten der Lektor. Im Anfahren dreht der Verleger das Seitenfenster runter und ruft dem Buchhändler zu: "Sie warten bitte, bis wir wieder zurück sind." Der Autor fühlt sich übergangen. Schließlich ist das Auto voll beladen mit seinen Werken. Er stellt sich dem Verleger in den Weg:

"Wieso bitten Sie nicht auch mich zu bleiben." Der Verleger sagt achselzukkend: "Sie laufen mir ja sowieso nicht davon, der Buchhändler aber verdient für seinen Einsatz einen Orden."

Stellvertreter

Erich Berger hatte eine lebensgroße Puppe ins Büro mitgebracht, ein Abbild seiner selbst, und setzte sie mit hochgelegten Beinen auf den Bürostuhl vor seinem Schreibtisch, als sei er es, der gerade seinen Büroschlaf hält. Seit Monaten trafen auf Bergers Schreibtisch keine Vorgänge mehr ein, da er sich angewöhnt hatte, so lange abzuwarten bis sie sich von selbst erledigten. Der Schreibtisch diente ihm lediglich als Ablage für seine Beine. "Wozu die Puppe", wollte der Kollege "Daumendreher" wissen. "Wenn mir jemand mit dem Messer an den Kragen gehen will," erläuterte Erich Berger die Sachlage, "dann ersticht er nicht mich, sondern die Puppe." Übrigens hat man Erich Berger vorige Woche fristlos gekündigt. Er besaß immerhin soviel Energie, dass er fähig war, Firmengelder auf sein Konto zu leiten.

Der Kommissar

An einem Samstagnachmittag steht Kommissar Ehrlicher, den Leo aus einer Fernsehkrimireihe kennt, unerwartet und unangemeldet vor Leos Schreibtisch. „Sie arbeiten ja selbst in ihrer Freizeit für die Firma!" Leo ist verwundert und fragt sich, was der Kommissar wohl sonst noch über ihn weiß. „Und was verschafft mir die Ehre. Sie verdächtigen mich doch nicht etwa?" „Keineswegs, ich mache hier bloß Urlaub."

Ausgerechnet in Obermenzing will der Kommissar Urlaub machen! Das glaubt ihm doch kein Mensch. Solche fadenscheinigen Ausreden sind typisch für Kommissare. Leo überlegt. Vielleicht hat der unerwartete Auftritt des Kommissars mit dem ideenreichen und ein wenig verrückten Jugendfreund Klaus zu tun. Klaus behauptet, er kenne einen Biotechniker, der sich selbst geklont habe. Dieser Wissenschaftler nun ist unheilbar krank und leidet ständig an argen Schmerzen, weshalb er seinen Körper gegen den seines Klons austauschen will. Er möchte also auf den Körper des Klons seinen eigenen Kopf setzen. Deshalb sucht er nach einem Neurochirurgen, der sich bereit dazu findet. Um den überzähligen Kopf des Klons, so versichert Klaus, sei es nicht schade, da dieser über keinerlei Bewusstsein verfüge, und nur vor sich hindämmere.

Leo ist sich bei Klaus nie sicher, ob der ihm nicht einen Bären aufbindet. Vielleicht existiert weder der Wissenschaftler noch der Klon. Kommissar Ehrlicher will unbedingt über Leo an Klaus herankommen, um von diesem den Namen des erkrankten Wissenschaftlers zu erfahren. Vor ein paar Wochen hat Leo sich diese komplizierte Geschichte über Klaus, den Biotechniker, seinen Klon und einen Neurochirurgen am PC selbst ausgedacht. Leo sagt dem Kommissar jegliche Unterstützung zu. Insgeheim aber amüsiert ihn die Leichtgläubigkeit der Behörden, die offenbar mittels Trojanern in PCs herumschnüffeln, ihm dann den Kommissar Ehrlicher auf den Hals hetzen. Und am Ende ist außer Spesen nichts gewesen.

Das Loch

Noch vor kurzem galt ich was in meinem Beruf. Aber ich habe meine Stellung verloren, werde nicht mehr gebraucht. Ich kenne mich nicht mehr aus mit mir selbst und auch nicht mehr in dieser Stadt. Vorhin lief mir Kollege Schulze über den Weg, zwanzig Jahre saßen wir zusammen im gleichen Zimmer. Er hatte es eilig. Alle haben es eilig, hetzen von Termin zu Termin. Keiner lässt sich für ein Gespräch mit mir Zeit, antwortet wenigstens auf meine Frage nach dem Nachhauseweg. Ich bin zu nichts mehr nütze. Vielleicht sehe ich das aber zu negativ. Ich kriege doch eine schmucke Rente.

Taschenklon

Ich spreche meinen Klon mit "Sie" an und nenne ihn Mister H, wenngleich er erst drei Monate alt ist. Aber er kann schon sprechen und ist seinem Alter an Intelligenz weit voraus. Vieles weiß er besser als ich selber. Ich habe meinen

Klon im Reagenzglas aufgezogen. Warum er sich so prächtig entwickelt hat, liegt sicher an der Ernährung. Am liebsten verspeist er Nikotin. Ich hoffe nur, dass es ihm auf die Dauer nicht schadet.

Wenn ich ohne ihn ausgehe, kümmern sich meine Großeltern um ihn. Meine Eltern wären dazu auch bereit, aber er kann sie nicht leiden. Meistens nehme ich ihn mit, stecke ihn in die linke Jackentasche und lasse ihn für mich reden. Seine Stimme ist allerdings noch recht kindlich hell und er spricht sehr leise. Manchmal verwechsle ich meinen Klon mit mir selber, sosehr fühle ich mich mit ihm als Einheit, und sage dann, ich sei drei Monate alt, was mir kein Mensch glaubt. Sollen sie mich doch für verrückt halten. Mir scheint, die Leute nehmen mich ohnehin nicht ernst, trotz der gescheiten Konversation meines Klons, von der jeder lernen könnte.

Im übrigen tut das meiner Reputation keinen Abbruch. Denn jeder hat es schon erfahren, dass auf mich Verlass ist. Auch auf meine Freundin Marlene kann man bauen. Was sie verspricht, das hält sie ein, wenn auch oft eine Stunde später als angekündigt. Und außerdem wollte sie heute alleine in unser Stammlokal kommen und nun bringt sie einen Waggon Freunde mit. Gleich wird sie hinter die Theke treten und dann wird sie singen und uns von ihrem Leben erzählen.

Mein Klon wäre auch gern ein Entertainer, aber er will zu hoch hinaus, mit seinen knapp zehn Zentimetern ist er beileibe zu winzig, um aufzutreten. Andererseits bin ich sicher, es würde ihm liegen. Natürlich mit Mikrophon. Ich muss ihn vertrösten. Abgesehen davon steht dem entgegen, dass ich ihn vorläufig verheimliche. Kein Mensch auf der Welt hat einen Klon in der Tasche, wenn die Leute das wüssten, könnte ich mich vor Neugierigen nicht retten. Aber meinen Großeltern überlasse ich ihn trotzdem ungern. Lieber halte ich in Gesellschaft den Mund, lasse ihn quatschen, obwohl keiner auf ihn hört, weil er zu leise spricht.

Würdenträger

Würdenträger werden vorsichtshalber durch drei bis vier Doppelgänger abgesichert. Im Ernstfall sind die Träger der Würden deshalb schwer zu erkennen. Selbst der Echte unter den vier Doppelgängern ist oft nicht er selbst, sondern ein Spiegelkabinettphantom. Wenn man nachgräbt unter ihren Podesten, findet man meist einen andren mit einem andern Gesicht, der den Doppelgänger vertritt, während der andere Echte den Häschern in unterirdische labyrinthische Gänge entwischt.

Multiple Persönlichkeit

Für die meisten Leute ist der inwendige Doppelgänger unsichtbar, deshalb glauben sie nicht an seine Existenz. Man sollte in Gegenwart Fremder nicht über ihn reden.

Kürzlich erzählte ich Wandas Freunden Isolde und Hugo in einem Restaurant von meinen jüngsten Erlebnissen mit meinem Doppelgänger. Dabei habe ich mich so sehr ein Eifer geredet, dass ich ein wenig zu laut geworden bin. Einige Leute von den Nebentischen traten an unseren Tisch und hörten zu. Ich entnahm ihren Kommentaren, dass sie mich für verrückt hielten. Gottlob fiel mir eine Ausrede ein. Ich erklärte den Umstehenden einfach, das alles hätte ich bloß bei Castaneda gelesen.

Dabei hatte ich mich noch sehr zurückhaltend geäußert. Immerhin hatte ich es als junger Mensch mit 20 Doppelgängern zu tun. Inzwischen sind wir auf fünf zusammengeschmolzen. Kürzlich fielen drei von uns der Justiz zum Opfer, und erst gestern schlug unser gemeinsamer Zahnarzt einem von uns, einem Choleriker, eine umfangreiche Behandlung wegen eines Risses im Zahnschmelz vor. Über die Kosten hat der sich derart erregt, dass er sich bei der Heimfahrt mit seinem Wagen überschlug und zu Tode kam. Ich fürchte schon, am Ende werde ich alleine dastehen und nicht wissen, wie ich mein Leben bewältigen kann.

Sein und Schein

Wolfgang S. ist mit Leib und Seele Kommissar, wenn auch bloß in einer TV-Serie. Er ist ganz und gar in seiner Rolle aufgegangen, als sei er außerhalb davon nicht vorhanden, wie eine Traumfigur, die es nur im Traum gibt. Die meisten Zuschauer der Serie können ohnehin zwischen Wirklichkeit und TV nicht unterscheiden. Wenn ihm Besucher auf dem Filmgelände begegnen, sprechen sie ihn mit Kommissar Labitzki an. In der letzten Folge wurde Wolfgang S. bei einem Schusswechsel getötet. Ein Schock für ihn, denn er wollte gerne als Kommissar weiterexistieren. Wolfgang S. reiste noch am gleichen Tag nach Australien. Dort blieb er ein halbes Jahr. Aber nun ist er zurückgekommen. Und keiner glaubt ihm, dass er noch lebt. Er fährt durch die Lande, stellt sich auf den Markplatz: "Seht her, ich bin der Kommissar Labitzki!". Doch sie glauben ihm nicht. "Kommissar Labitzki", sagen sie, "wurde bei einem Schusswechsel getötet." Wenigstens solle er seine Schussverletzung vorweisen. Da er damit nicht dienen kann, halten sie ihn für einen Doppelgänger des Kommissars, oder gar für einen Schwindler.

Übeltäter Doppelgänger

Nichts klappt, ich kann machen was ich will. Woran liegt das bloß? Ob ich nun versuche einen Roman zu schreiben, ob ich zu einer Geburtstagsfeier einlade, ob ich einen Urlaub plane. Bei den Frauen habe ich natürlich auch kein Glück. Irgendetwas stört sie an mir, obwohl sie mich, wie sie betonen, sympathisch finden. Beruflich würde ich mich zwar nicht als Versager bezeichnen, aber man übergeht mich konsequent bei Beförderungen. Dabei komme ich oftmals in die engere Auswahl, da man mich für befähigt hält. Seit einiger Zeit unterziehe ich mich einer Selbstanalyse. Ich habe inzwischen ermittelt, es stecken vierzehn Doppelgänger in mir. Und eine von denen macht mir das Leben schwer. Welche es ist, dahinter bin ich noch nicht gekommen. Ich habe deshalb vierzehn

Dramoletts geschrieben. Ein mir bekannter Dramaturg wird sie alle auf einer kleinen Bühne aufführen lassen, die Hauptrollen spielt jedesmal ein anderer meiner vierzehn Doppelgängern . Ich werde mir die Stücke anschauen und dem Übeltäter dann hoffentlich auf die Schliche kommen.

Der Witwer

Unsere Beziehung zu Manfred war problematisch; denn unser "Freund" litt an verletzbarem Ehrgefühl. Manfred war seit einigen Jahren Witwer, etwas gebrechlich und darum auf Hilfe angewiesen. Aber die Hilfe musste unauffällig geschehen, andernfalls wäre er verletzt gewesen.

Während seines vierzehntägigen Urlaubs kümmerten wir uns um seine Wohnung, gossen Blumen und füllten seinen Kühlschrank auf. Wieder zu Hause verglich er erst einmal seine Münz- und Elfenbeinsammlung mit einer Inventarliste, stellte jedes Mal Differenzen fest und holte die Polizei. Sie konnten aber keine

Abweichung entdecken, worauf er behauptete, ich habe ihn vor seiner Abreise beim Skat betrogen. Ich bestritt es, da wir nicht Skat miteinander gespielt hätten, und ich außerdem überhaupt nicht Skat spielen könne. Er versteifte sich nun darauf, wenn wir gespielt hätten, hätte ich ihn betrogen und erklärte mir die Spielregeln des Skats.

Manfred hatte eine Vorliebe für den Konjunktiv. Wenn ihm die Argumente ausgingen, nahm er diesen zu Hilfe. Ich gab ihm recht und hörte nicht mehr hin. Es war nicht ratsam, ihm zu widersprechen. Manfred blieb deshalb kaum anderes übrig, als sich mit sich selbst zu streiten. Ich habe gehört, er soll sich inzwischen so gründlich mit sich zerstritten haben, dass er sich verdreifacht hat. In seiner Wohnung hat man jedenfalls drei leblose Personen gefunden, die sich offensichtlich gegenseitig umgebracht haben. Ob Manfred selber noch lebt, weiß man nicht.

Comeback

Nachdem Jahre verstrichen sind, in denen wir nichts von Manfred hörten, taucht er eines Tages unangemeldet bei uns auf, und tut ganz so, als habe man sich erst gestern gesehen.

Wanda lernte Manfred während ihrer Zeit beim Film kennen. Sie hat die Schauspielerei allerdings längst an den Nagel gehängt. Ein wenig überrascht sind wir schon über Manfreds plötzliches Erscheinen. Ausgerechnet Manfred. Erstens ist er schon vor drei Jahren gestorben, wir waren sogar auf seinem Begräbnis, und zweitens hat er uns kurz vor seinem Tod die Freundschaft gekündigt.

Manfred besucht uns nicht von Ungefähr. Er bereitet, erklärt er, Wandas Comeback auf der Bühne vor. Er besitze, versichert er uns, immenses Material über Wandas Vergangenheit und möchte dies mit unserer Hilfe zu einem Theaterstück verarbeiten, in dem Wanda die Hauptrolle übernehmen solle.

Den ersten Akt beschreibt er uns folgen-
dermaßen: Wanda infiziert sich als junge Schauspielerin bei einer Tournee
durch Rumänien mit einer Krankheit
namens Quasar, also keineswegs mit
einer Geschlechtskrankheit, wie man
vielleicht annehmen könnte. Sie ist deswegen gezwungen, die Schauspielerei
vorübergehend aufzugeben. Und es beginnt für sie eine harte Zeit. Ihre Krankheit verlangt viel Aufenthalt im Freien
und so arbeitet sie vier Monate als Gärt-
nerin, ein anstrengender Job für eine
zarte Person wie Wanda. Ich finde, diese Geschichte passt ganz und gar nicht
zu ihr, schon gar nicht zu dem, was sie
freiwillig über sich preisgeben würde.
Und dabei hat er sie, wie er uns anver-
traut, sogar meinem Vater erzählt.

Mein Vater missbilligte von Anfang an
meine Beziehung zu Wanda. Schau-
spieler waren damals in seinen Augen
unseriöse Leute. Nun aber, so erklärt uns
Manfred, würde er Wanda mit anderen
Augen sehen, und sein Verhalten uns
gegenüber würde er bedauern. Was aber
nützt uns das jetzt noch, da der Vater
nicht mehr lebt.

Wir versprechen uns von Manfreds Plänen übrigens sowieso nichts. Sein ganzes Auftreten wirkt auf uns undurchsichtig. Er versucht uns davon abzubringen, dass wir ihn mit "Manfred" anreden. In Wahrheit sei er nämlich Psychiater und heiße Doktor List. Manfred hingegen hat, so versichert er, die letzten drei Monate seines Lebens als sein Patient in der psychiatrischen Anstalt zugebracht. Und das biographische Material über Wanda stammt aus Manfreds Nachlass. Manfred war zu seinen Lebzeiten wirklich ein wenig überdreht, und so klingt diese Erklärung für uns einleuchtend.

Aber wieso sehen sich Dr. List und Manfred ähnlich wie eineiige Zwillinge. Wir vermuten deshalb eher, dass Manfred und Doktor List dieselbe Person sind und es bloß selber nicht wissen. Wir halten es für möglich, wenn nicht sogar für wahrscheinlich, dass im Jenseits die Identität nicht mehr eindeutig festgelegt ist. Das erschwert es, sich mit Jenseitigen zu verständigen; man weiß ja nie, mit wem man es genau zu tun hat.

DER ELEFANT
DRABBLINGS

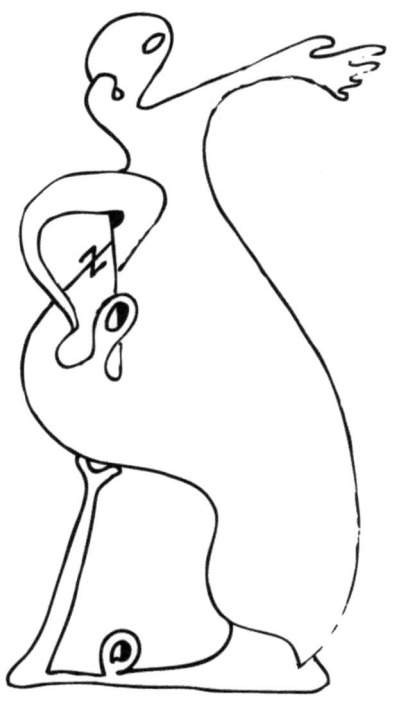

Der Ritter

Ein Ritter ritt durch die Heide, er war
unterwegs zum Fräulein Annegret. Er
trug schwarzen Umhang und ein Schwert
scharf wie ein Sonnenstrahl. Mitten auf
der Heide zog ein Gewitter auf. Es don-
nerte und blitzte. Die Hölle war los, was
nützte ihm da sein Schwert, im Nu war
er bis auf die Haut durchnässt. Da hob er
die Faust drohend zum Himmel und
sprach: Schluss mit eurem Rabatz. Doch
die Wolken kümmerte das nicht. Jetzt
platschte es erst recht kübelweise herun-
ter. Da stieg er vom,Rappen, erhob die
Hand zum Schwur und rief aus:
„Nie mehr reite ich ohne Regenschirm
aus!"

Appell beim Abschied

Du willst mich verlassen, ich kann es
nicht fassen,
dabei liebten wir uns gestern noch wild
und besessen.
Wenn du wirklich zu dem dürren Amerikaner
mit seinem kranken Collie gehst,
gar bei ihm übernachtest,
könnte ich dir das niemals verzeihen.
Was wirfst du mir überhaupt vor?
Dass ich meine Schuhe zu selten putze.
Du hältst mich nicht länger aus?
Gestern Abend warst du doch ohne Groll
und wir liebten uns innig und heiß.
Wenn ich meinem Bruder in Düsseldorf
schriebe,
wir seien geschieden, der hielte es für
einen Scherz.
Pack deinen Koffer aus,
du hast deine Unnachgiebigkeit hinterher
stets bereut.

Der Bulgare

Jeden Morgen hole ich die Briefe aus
dem Kasten und selbst sonntags, wenn
die Post nicht austrägt, steckt ein Brieflein drinnen. Liebesschwüre sind es von
dem Bulgaren an Katinka. Er wohnt ein
paar Häuser weiter, und er tut so, als ob
es mich nicht gäbe, zumindest sei ich
eine Quantité négligeable. Diese Brieflein fangen an bei mir zu wirken, jeden
Tag wird mir der Gang zum Kasten bit-
terer. Was hat denn der Bulgare für ein
Anrecht dich mit Brieflein zu traktieren.
Ja, gestehst du heute mir beim Frühstück, wolltest mir schon längst davon
erzählen, bist öfter mal mit ihm gesegelt.

Der Elefant

Der Elefant Benjamin Blümchen, ihn
kennt jedes Kind, ist intelligent, intelli-
genter sogar als mancher Abiturient. Mit
viel Rüsselspitzengefühl behandelt er
Kopfschmerzen durch Nadelstiche ins
Ohr. Ihr glaubt mir nicht. Fragt Else.
Die litt früher an Migräne. Wenn der
Elefant was sagen möchte, schreibt er es

auf einen Zettel; seine tiefe Stimme versteht sie nicht. Kürzlich schrieb er in Elses Handschrift einen Liebesbrief an ihren Freund, der sie vor drei Wochen verließ, er zog nach Paris; kann sein, er ist Else entflohen. Sie selber hätte sich zu dem Brief nie überwunden, dank Benjamin Blümchen haben die beiden wieder zueinander gefunden.

Abriss

All das Vergangene vergeht oder es wird abgerissen. Selbst das Haus meiner verstorbenen Großeltern soll wegen Einsturzgefahr gesprengt werden. Die Behörden haben es angeordnet. Ich halte das für Beamtenwillkür. Mein Großvater hat das Haus vor drei Jahrzehnten eigenhändig und - wie ich ihn kenne - für die Ewigkeit gebaut. Was kann man gegen die Behörden schon ausrichten. Bevor die Rammfahrzeuge anrücken, packe ich eiligst die Bücher meiner Großeltern in eine Kiste. All das, was bleibt, von den antiken bis zu den modernen Klassikern. Dagegen kommen die

Bulldozer nicht an, oben drauf lege ich
drei Bände Ganghofer. Vielleicht liest
die meine Frau.

Der Lehrling

Benno Daneben
galt bei den Kollegen so wenig
daß er eines Tages Luft für sie war
und keiner ihn mehr sah
von da an stand er allen im Weg
und sie stolperten
über dieses unsichtbare Hindernis

da verriegelten sie die Fenster
sperrten die Türen zu
und machten Jagd auf ihn
durchs Großraumbüro
aber der Lehrling spielte mit ihnen
Blinde Kuh

der dicke Direktor mit der Zigarre
der kannte einen Trick
er setzte sein bestes Lächeln auf
und streckte die Hand hin ins Leere
der Lehrling nahm das Angebot an
und wurde zum Schrecken der Beleg-
schaft
wieder sichtbar

Großer Bahnhof!

Herta ist bekannt bei der Prominenz, mit vielen von ihnen sogar befreundet.

"Schließe dich mir an", schlägt sie Leo vor, "der Zug fährt soeben ein."

Leo zögert. Er ist noch immer fixiert an seine Großeltern und an das Fahrrad, das sie ihm vor langer Zeit schenkten. Es blieb irgendwo auf der Landstraße zwischen Dingolfing und Tuntenhausen liegen, damals, als sich sein Blinddarm rührte und die Feuerwehr ihn ins Krankenhaus brachte. Vielleicht liegt es dort noch immer. Während er darüber nachgrübelt, ist der Zug mit Herta und der Prominenz abgefahren. Der Bahnbeamte, der Leo als Zuspätkommer kannte, meint geringschätzig: "Für Sie ist der Zug doch schon längst abgefahren."

Der Stein

In alten Schriften wird beschrieben aus welchen Elementen der Stein der Großen Mutter besteht und welche Rituale bei seiner Herstellung eingehalten werden müssen. Wir haben die alten Schriften studiert, die Rituale beachtet, und besitzen nun den Stein. Er glänzt und schimmert perlmuttern. Wir sind sicher, dass wir mit diesem Stein das alte Matriarchat erneuern können Wir haben einen Verein gegründet, als Keimzelle dieses Neomatriarchats. Auch eine Zeitschrift wollen wir herausgeben. Ich will selber einen Artikel über den Stein verfassen. Gerne hätte ich dafür als Autor Bernd gewonnen. Aber der hält den Stein für Talmi, für Betrug wie den „Stein des Weisen."

Der alte Seemann

Prächtig wohnst du hier in deinen sieben Zimmern, Jugendstil, wenn ich nicht irre. Nichts übertrieben, nichts überladen, erlesener Geschmack. Am meisten aber liebe ich es, dort droben über deiner Wohnung zu stehen, draußen auf dem Dach. Komm, steigen wir hinauf, ich helfe dir durch die Luke. Die Sonne brennt auf die Dachpappe. Der Teer ist aufgeweicht. Es riecht nach Ferne, nach Tauen und nach Tang. Mir ist als stünden wir an Deck, und die Leine sei gerissen, wir trieben in den Himmel hinein, und über uns schwebten wie Wolken die Segel. Der Garten links drüben zieht wie eine Insel vorüber.

Die Illegitimen

Mein Großvater gründete vor langem einen Club: „Die Illegitimen". Mitglieder sind seine Geliebten, deren Töchter und Töchtertöchter. Großvater verehren sie als Heiligen. Was bei ihren Treffen geschieht, darüber bewahren sie Stillschweigen. Meine Mutter wäre gern beigetreten. Aber sie erfüllt nicht die Beitrittsbedingungen. Sie wäre für den Club ein Gewinn durch ihre blendende Schönheit. Über alles liebt sie Schmuck, besonders angetan hat es ihr die silberne Mitgliedsanstecknadel der Illegitimen. Mein Vater war drauf und dran ihr zuliebe selbst einen Club zu gründen. Mitglieder gäbe es genügend durch seine zahlreichen Seitensprünge. Aber meine Mutter will nichts mit seinen Illegitimen zu tun haben.

Email

Leo und Isolde spazieren täglich nach dem Büro eine Stunde durch den Stadtpark. Vielleicht spürte Isolde instinktiv, dass er verheiratet war. Denn seiner Werbung gab sie nicht nach. Einmal wagte er es, und küsste sie zart. Da knöpfte sie ihre Bluse auf. Worauf er erschrak und gestand, dass er verheiratet sei. Das focht sie nicht an. Von da an war sie hinter ihm her. Sie stellte ihn ihren Freunden vor und erwähnte nebenher, sie seien ein Paar. Und jeden Tag schrieb sie ihm per Email einen Liebesbrief. Um eines nur war er froh, dass seine Frau vom PC nichts verstand.

Familienstolz

Sie richtete das Wort an die Tafelrunde: "Der Meine hat sich in letzter Zeit um hundert Prozent gebessert. Noch vor kurzem ruckte und zuckte er mit Armen und Schultern, seufzte und schaute sich nach rechts hinten um." Er erschrak und sah sich förmlich vor sich, wie er ruckte und zuckte und sich und die ganze feine Gesellschaft ihn für einen Idioten halten musste. Plötzlich zuckte und ruckte seine rechte Hand; er konnte es nicht unterdrücken, verpasste der Seinen eine Ohrfeige. Eine Viertelstunde später setzte sie sich neben ihn, küsste ihn auf die Wange, als wollte sie ihm eine Ohrfeige wegküssen.

In der Koniditorei

Ich fühle mich nicht wohl in meiner
Haut. Mir ist als müsse ich mein Leben
ändern. Ich weiß nur noch nicht wie. In
einem Jahr werde ich Siebzig. Vielleicht,
so meint mein Bruder, erlebst du die
Siebzig überhaupt nicht. Dann hat sich
die Angelegenheit erledigt. Der Konditor
fragt mich, welche Törtchenstücke ich
möchte und wie viele. Er hängt an jedes
Wort ein „o" dran. Vier Personen, wie
viele Törtchen isst jeder. Ich komme zu
keinem Ergebnis. Mein Bruder steht
hinter mir, er sagt: „Wenn du dich nicht
einmal bei Kuchen und Törtchen ent-
scheiden kannst, wie willst du dann dein
Leben ändern."

Im Café

Neuerdings spielt Lothar Klavier. Kaum entdeckt er wo eines, schon greift er in die Tasten. Früher gab es hier kein Klavier. Der Gastwirt hörte von Lothars Leidenschaft. Nun steht eines da. Und schon sitzt Lothar am Klavier und kündigt an, er spiele Lieder aus vorgestriger Zeit. Hätte er das nicht gesagt, wir hätten es nicht erkannt. Das Geklimper machte uns traurig. Da fällt ihm auf: „Ihr wünscht sicher was mit Anspruch, was Melancholisches, von Schubert oder von Schumann, bitte helft mir drauf, ich verwechsle leider die beiden." Ilse erschrickt und wendet ein, was Melancholisches ertrüge sie nur bei guter Laune.

Mobbing

Er war der Beste,

obwohl er in der hintersten Reihe stand.

Er murmelte Formeln wie Gebete,

von denen die Firma lebte,

die nur er und der Computer verstand.

Wenn einer von uns versagte,

nahm er alle Schuld auf sich,

vielleicht weil er Schuldheiß hieß.

Sein Verstand war ein Riese,

wir sahen davon nur die Füße.

Doch statt sie zu küssen,

stellten wir ihm Fallen

und zwangen ihn so in die Knie.

Doch er sah nicht das Bein,

das wir ihm stellten,

er sah den Engel des Herrn,

über den ist dann

unsere Firma gefallen;

denn Schuldheiß programmiert

nie wieder.

Junge Leute

Max, Poet und Philosoph in einem, plappert nicht bloß so daher wie die jungen Leute in der Runde, die ihm ohnehin nicht zuhören. Dabei hat er sich vorhin noch selber für jung gehalten, plötzlich fällt es ihm wie Schuppen von den Augen:

Er ist in Wirklichkeit zugleich ein Mann des Vormärz und eine Frau aus der Zeit der Romantik, und sie brauchen dringend seine Hilfe. Schade, dass er die beiden jetzt erst kennen lernt.

Er wendet sich an den Kreis, ausnahmsweise hört man ihm zu:

Tut mir sehr leid, vorläufig werde ich keine Zeit mehr für euch jungen Leute haben.

Kameliendame

Sie empfängt selten Gäste. Meist lässt sie sich von ihrer Zofe verleugnen. "Hat sie denn eine Ausrede nötig", will Leo wissen. Die Zofe meint: Besser sie trifft mit Graf Kasparides nicht zusammen. Ihr abweisendes Wesen könnte ihn kränken. Leo kommen erneut Zweifel: Vielleicht waren es also doch Liebhaber, die bei ihr ein- und ausgingen. Die Nacht darauf aber hat ihn voll entschädigt. Mögen es Liebhaber gewesen sein, die sie sehen wollen, er will es vergessen. Die Männer geben aber keine Ruhe und wenn sie sich ihrer nicht erwehren kann, betrinkt sie sich, und Leo hat wieder nichts von ihr.

Russe

Luise schläft gern in den Vormittag hinein. Auch wenn ich sie besuche, bleibt sie liegen. Im Hause meiner Großeltern nimmt man es nicht so genau. Heute ist Luise gar nicht aufgestanden. Draußen wird es schon dunkel. Ich sitze an ihrem Bett. Viel lieber legte ich mich neben sie. Jedoch einen Bayern hatte sie schon als Liebhaber. Bloß keinen Russen. Das freut Boris, den sportlichen, blonden Russen mit der kurzgeschorenen Frisur. Er erzählt ihr von Russland. Luise ist nicht abgeneigt, mit Boris nach Russland zu reisen. Sie zieht das feurige Temperament des Russen, dem intellektuellem Feuerwerk vor, das ich ihr biete.

Komfort

Wenn ich mich so umsehe in dieser Postkutschenzeit, in dieser für unsere Verhältnisse ärmlichen Hütte, in der man zu wohnen gezwungen ist, lebe ich schon lieber in der Gegenwart mit all ihrem Zivilisationskomfort. Was für ein Aufwand,

bis man sich auf diesem Herd was zum Essen zubereitet hat. Plötzlich werde ich aus meinem Trübsinn gerissen. Die Sonne leuchtet auf, als hätte jemand zwanzig Lichtschalter gleichzeitig angeknipst. Die kupfernen Töpfe glänzen, die einfachen Möbel, der Herd, die Krüge, alles was hier herumsteht, ist mir mit einemmal so vertraut und lieb, dass ich hierbleiben und nicht mehr in die Gegenwart zurück möchte.

Lauschangriff

Es gibt geheime Verbindungen beim Telefonieren. Wenn du zufällig in ein solches Netz gerätst, wirst du plötzlich mit "Heil Hitler" angebrüllt und alles was du dann in die Muschel hinein sprichst, wird aufgezeichnet. Aber keine Angst. Es sitzt keiner am anderen Ende. Es existiert nur noch die leere Maschinerie. Bisher ist es leider nicht gelungen, die komplexen Netze, die sich bis ins Unterbewusstsein hinein verzweigen vollständig zu überblicken, und diese geheimen Anschlüsse zu kappen.

Lebensrest

Jahrzehnte war Hugos Liebe zu Marieluise nicht erloschen. Er hatte in all den Jahren nichts von ihr gehört, kam indes innerlich nicht von ihr los.

Eines Tages brachte der Postbote eine Schachtel. Absender war ein Notariat. Er erinnerte sich an das letzte Treffen mit Marieluise. Sie erzählte, sie habe in Garmisch einen Notar geheiratet und sie würde ihm schreiben. Doch es kam nie ein Brief. Die Schachtel enthielt eine Handvoll Zigarettenstummel, zerfetzte Fotos, einige zerschlissene Klamotten, ein Dutzend zerknüllter Briefe, und einen Notizzettel auf dem stand:

Das kannst du von ihr haben. Es ist alles, was von Marieluise übrig geblieben ist.

Nebelinsel

„Ich liebe unsere Insel", sagte sie und beugte sich über die Lenkstange ihres Fahrrads, als sei sie zu schwach sich aufzurichten, „Für das Herz ist das hiesige Klima schlecht, meist ist die Insel in Nebel gehüllt, manchmal ist es ein kalter Nebel, der unter die dicksten Kleider kriecht. Aber heute wärmt er wie ein Dampfbad. In dieser Nebelwelt ist man vor Überraschungen nie sicher. Die Insel steckt voller Geheimnisse. Wir sind nicht alleine auf der Insel, es gibt Gnomen, Zwerge, Elfen, die im Nebel ihre Wohngebiete verlassen, unvermutet hinter Felsen hervortreten, als wollten sie vor etwas warnen, das wir nicht begreifen."

Noble Dame

Meine Großmutter spielt allen die noble Dame vor. Dabei hat sie nur eine winzige Rente zum Leben. Es musste so kommen, ihr Gehabe lockte die Fahnder vom Finanzamt an. Sie durchwühlten ihre Wohnung. Sie fanden Zettel mit verdächtigen Zahlenreihen, deklarierten diese als Einnahmen. Daraufhin bekam sie einen Steuerbescheid, den sie erschrocken zerriss. Sie wollte Protest einlegen. Wo aber befindet sich das Finanzamt. Die Sache sei erledigt, erzählt sie mir ein paar Tage darauf. Ihr Schäferhund habe sie hingeführt. Der habe den den Beamten gegenüber den richtigen Umgangston angeschlagen. Man kannte ihn, er war schon oft dort, wegen der Hundesteuer.

Vergangenheit

Ich war auf der Suche nach meiner geheimen Vergangenheit, las alte Zeitschriftsartikel, entdeckte Spuren, die seltsame literarische Kreise hinterlassen hatten. Wichtig wirkende Persönlichkeiten sprachen mich an, verlangten, ich solle die Finger von diesen Angelegenheiten lassen. Einmal traf ich beim Verlassen meiner Wohnung auf eine Frau, die in eine mystische Aura gehüllt schien. Sie winkte mir zu, als solle ich ihr folgen, im selben Augenblick war sie verschwunden. Seither suche ich vergebens ganz München nach ihr ab. Ich fühle mich nicht wohl in dieser Stadt. Was hat man gegen mich. Die Stadt will mich nicht, sie will keinen der Geheimnisse aufdeckt..

Sara

Die quicklebendige, dunkelblonde Sara ist berühmt für ihre leidenschaftlichen Küsse, berühmt bei allen Männern aus ihrem großen Freundeskreis. Ich kann es beurteilen; auch mich küsste sie eines Tages. Als es während dieses Kusses an der Tür klopfte, war mir, als sei ich aus hoher Bergnot errettet worden. Georg trat ein,. Siie gab ihm einen unerträglich langen Kuss. So lang waren also ihre Küsse.

Georg machte ein verwundertes Gesicht und sagte: Was ist heute mit dir? Das war schwach geküsst. So kenne ich dich nicht.

Sara deutete auf mich: Der da hinten bekommt künftig den Löwenanteil. Daran müsst ihr euch gewöhnen.

Rentners Vorhölle

Bevor Karl in der Firma aufhörte, fühlte
er sich freier. Seit er pensioniert ist, steht
er im Dienst einer unbekannten Instanz,
einer imaginären Behörde. Er sitzt jede
Nacht mit fünfzig Kollegen, von denen
er einige von früher kennt, in einem
hochmodernen Großraumbüro, das mit
der neuesten Technik, Computern, Tele-
fonanlagen, und Zugangskontrolle über
Codeeingabe ausgestattet ist. Als Soft-
wareingenieur kennt er solche Büros, sie
sind ihm vertraut. Trotzdem fühlt er sich
hier nicht wohl. Man gibt ihm keine
Aufgabe. Er sitzt die ganze Nacht untätig
herum, und wartet bis es Tag wird.
Mehrmals hat er um seine Entlassung
gebeten. Man hat abgelehnt.

Kundalini

Als ich vorige Woche den Speicher ent-
rümpelte, räkelte sich eine Schlange auf
einer alten Matratze und blickte mich
wissend an. Mich durchrieselte Ehr-
furcht. Wird man gebissen, sollte man
Ruhe bewahren. Dann wird ihr Gift Bal-
sam sein. Vielleicht kriecht sie Rücken-
wirbel hinauf. Gelangt sie bis zum
Scheitel, ergreift einen unbändiges
Fernweh. Worauf man zum Flieger wird.
Aber gerade dann gilt es, besonders auf
der Hut zu sein. Es besteht immer die
Gefahr des Absturzes. Ich kenne die
Witwen zweier Flieger, die beide abge-
stürzt sind. Statt sich einen Alleinflug
zuzutrauen, hätten sie vorher den Rat
eines erfahrenen Fliegers einholen sollen.

Legionär

Jochen wartet vor dem Institut für Wehrpsychologie. Die Psychologin Sapper verlässt das Gebäude. Jochen kämpft gegen seine Sprachhemmung an: "Laufen Sie nicht weg!" Sein Haarwirbel sträubt sich gegen den Uhrzeigersinn. Stammelnd beklagt er sein Schicksal. Er habe sein Gedächtnis verloren, erinnere sich nur an den Freund seiner Kindheit, das Nilpferd Anna. Es stapfte durch den Garten der Eltern. Eines Morgens lag es tot im Teich. Seither fühle er sich fremd in der Welt. Daher sei er zur Fremdenlegion gegangen. Der einzige Mensch, dem er vertraue, sei Kamerad Mister Becker, aber dieser halte Monologe und lasse ihn nicht zu Wort kommen.

Leos Urlaubsversuch

Heuer kommen wir endlich dazu Urlaub zu machen. Wir wissen schon nicht mehr wie das geht. Wir wollen nichts überstürzen, uns nach und nach in kleinen Schritten von zu Hause entfernen. Drei Häuser weiter bei Freunden haben wir letztes Wochenende unser Schlafzimmer und Teile unserer Bibliothek hingeschafft. Vor allem möchten wir im Urlaub viel lesen. Als wir den Urlaub antreten wollten, lässt uns ein junger Mann nicht hinein. Das Zimmer sei seines, er komme jedes Jahr um die Zeit aus Schweden. Was nun. Wir wollten lesen. Gehen wir ins Kino, schlug ich vor, da waren wir schon lange nicht mehr.

Maßstab

Vor unserem Stadttor gibt es einen großen Mann auf freiem Gelände, damit ihn jeder sehen kann. Er ist für uns alle als Maßstab vorgesehen. Zuerst stand er in voller Größe da. Dann versank er nach und nach, Stückchen um Stückchen, in den Boden. Deswegen mußten die Markierungslinien bei ihm in immer engeren Abständen eingeritzt werden. Nun schaut nur noch seine mächtige Stirn heraus, mit dichten Linien versehen, wie Notenpapier.

Ich habe schon Alarm geschlagen, und an die Humanität der Zuständigen im Kulturreferat appelliert:

Lasst ihn nicht vollends fallen, er erstickt ja. Man hat mir entgegnet: Der Mann ist darauf geeicht.

Vorhang

Ich höre eine Stimme hinter dem Vorhang meiner Erinnerungen, und wenn ich den Vorhang zurückziehe, ist niemand dahinter. Nur ein anderer Vorhang und eine andere Stimme. Und wenn ich diesen zurückziehe, ist wieder niemand dahinter. Nur ein Vorhang und eine Stimme. Vorhang um ziehe ich zurück und vierundzwanzig Mal höre ich eine Stimme, und jedes Mal ist es eine andere Stimme und jedes Mal spricht sie eine andere Sprache. Und irgendwann habe ich alle Vorhänge zurückgezogen, und stehe allein in einem großen lichtdurchtränkten Zimmer, verstehe die Stimmen, bin 24 Jahre alt und bleibe es in diesem Leben für immer.

Pirouette

Ich werde blond, da vorn geht Lucy, ruft Molly aus und dreht sich wie ein Kreisel um sich selbst. Ihr dunkelbraunes Haar wird strohgelb wie das von Lucy, und sie wird schlank wie eine gestraffte Spindel und Lucy immer ähnlicher, bis sie Lucy endlich aufs Haar gleicht wie eine Zwillingsschwester, von diesem Anblick wird mir richtig schwindlig als drehte ich mich selbst im Kreis. Zum Glück verlangsamt sich allmählich ihre Drehgeschwindigkeit und dann kreiselt sie andersherum und dröselt sich allmählich auf. Im Lauf der nächsten halben Stunde verwandelt sie sich zum Glück wieder in meine liebe brünette, mollige Molly.

Mark Galsworthy

Geliebte

Oh, Du Quelle meiner Freuden,

oh, Du Ursprung meiner Lust,

Laß mich an Deinem Anblick weiden,

mit Dir erleb ich keinen Frust!

Wenn Dein Duft mich zart umschmeichelt

Wenn ich Deine Nähe spür',

 fn&ine Hand Deinen Hals zart streichelt

den meine Lippen zart berührt.

An Deinen inn'ren Werten labe

ich mich und schätze Deinen Geist,

 den ich sooft genossen habe,

 der mich beflügelt, wie Du weißt.

Die Zeit mit Dir vergeht im Fluge,

 am Morgen drauf, da wird mir flau,

 in meinem Hirn zeigt sich manch Fuge,

 Du bist nun leer, und ich noch blau !

Metamorphose

Spieglein, Spieglein an der Wand,

wie zieh' ich nur 'nen Mann an Land ?!

Nun bin ich schon fast Mitte dreißig,

die ersten Adern schwellen an,

zwar schminke ich mich viel und fleißig,

nicht alles man verdecken kann.

Spieglein, Spieglein an der Wand,

wie zieh' ich nur 'nen Mann an Land ?!

Schon in der Schule war es gräßlich,

die Pickel in der Pubertät,

ich war nicht schön, schon eher häßlich.

Das erste Mal geschah recht spät.

Spieglein, Spieglein an der Wand,

wie zieh' ich nur 'nen Mann an Land ?!

Ich tat es weil ich einen wollte,

viel Freude hat ich   dabei nicht,

Er nur, weil seine Freundin schmollte,

nie wieder sah ich sein Gesicht.

Spieglein, Spieglein an der Wand,

wie zieh' ich nur nen Mann an Land ?!

Voll Neid sah ich die andren Frauen,

in Weiß an ihrem schönsten Tag,

verliebt auf ihre Partner schauen,

nur ich fand keinen,der mich mag.

Spieglein, Spieglein an der Wand,

wie zieh' ich nur 'nen Mann an Land ?!

So ging es mir so viele Jahre,

die Zeit, sie fordert ihr'n Tribut.

Das erste Grau durchzieht die Haare

und Haß mein Herz, auf Männerbrut.

Spieglein, Spieglein an der Wand,

ich zieh wohl nie 'nen Mann an Land !

Ich werde mich nicht länger pflegen,

ich lauf in ausgetret'nen Schuh'n,

erreg' mich nicht der Mode wegen,

ich ändere mein Sein und Tun :

Statt den Männern nachzuschielen,

geb' ich mich lesbisch, weil's modern,

die Intelektuelle werde ich spielen,

einsam bleib ich, doch jeder denkt gern !

Spieglein, Spieglein an der Wand,

eine Emanze mehr im Land !

Alz die Koralle heimkam

Ja, ich sehe Dich,
Dein Gesicht sehe ich,
ich rieche Dich,
Deinen Duft rieche ich.

Ja, ich höre Dich,
Deine Stimme höre ich,
ich spüre Dich,
Deine Hand spüre ich.

Ja, ich kenne Dich,
irgendwie kenne ich Dich,
ich weiß, wer Du bist,
irgendwie weiß ich es.

Meine Mutter bist Du,
ja meine Mutter,
ich meine, Du bist sie,
aber ich weiß es nicht so ganz genau.

Meine Frau bist Du,
ja meine Frau,
ich meine, Du bist sie,
aber ich weiß es nicht so ganz genau.

Meine Tochter bist Du,
ja meine Tochter,
ich meine, Du bist sie,
aber ich weiß es nicht so ganz genau.

Meine Gedanken mineralisieren,
das Denken kristallisiert,
bin ganz nah bei Dir,
und unendlich entfernt.

Bei einer Koralle versteinert
was gestern gelebt,
nur noch fressen tut sie,
solange es geht.

Mein Schatz, ich möchte,
daß Du mich so siehst,
als Deine Koralle,
die Dich immer noch liebt.

Schrödingers Katze

Die Katze kauert in ihrer Todeszelle. Niemand außerhalb kann sagen, ob sie noch lebt oder schon tot ist. Verrückte Wissenschaftler wollen sie vergiften, um ihre Theorien zu beweisen. Der Versuchsaufbau ist pervers, nimmt Auschwitz voraus. Atom trifft Giftgas mit den besten Empfehlungen der Hölle. Unter einem Hammer lauert ein Glasbehälter mit dem flüchtigen Tod.

Das Atom zerfällt, seine Trümmer durchschlagen das Zählrohr. Die Mordmaschine setzt sich in Bewegung. Die Katze im geschlossenen System weiß davon nichts Die Betrachter außerhalb onanieren Formeln und Gleichungen an Tafeln.

Der Mechanismus löst den Hammer aus.

Doch der Hammer fällt nicht. Newton mag keine Quantenmechanik.

Das Floß der Gescheiterten

Sie treiben, an morschen Planken hängend

im unendlichen Ozean der Ignoranz.

Der gemeuchelte Zimmermann,

 weil Liebe ignoriert wird,

der Prinz, weil Gewalt eine beliebte Abkürzung ist,

der Prophet, weil schon seine Nachkommen

sich blutig über sein Erbe zerstritten.

Der, dessen Wort sie predigten,

schaut ohnmächtig zu,

hat seine Welt übergeben an Mammon,

kann kein Strafgericht mehr halten.

Das Floß kentert,

verschlungen von den Wellen des Egoismus.

Milliarden Seelen umsonst

geglaubt,

gelitten

und gestorben.

Die Börse schließt fester

88

Berater

Herr Engel, Lebensberater, meinte Urlaub zu haben und fuhr mit seinem Rad den Höhenwanderweg entlang.

Er kam zu der Brücke, welche die Anhöhen verband, zwischen denen die Bahntrasse verlief. Da sah er Herrn Raffke, Berater der Raiffeisenbank, auf dem Brückengeländer sitzen. Dessen Beine baumelten, in fünfzig Metern Höhe, über den Gleisen.

"Ist das nicht ein Wagnis, hier so zu sitzen?" fragte Herr Engel.

"Für ein Wagnis muß ich morgen sitzen!" erwiderte dieser.

Herr Engel zog eine Zigarettenpackung aus seiner Hosentasche.

Er steckte eine an und hielt sie dem Raffke hin.

"Nehmen Sie einen tiefen Zug;

am besten den nächsten!"

Im Auge des Betrachters

Zwei Bier sitze ich jetzt hier schon am Tresen, hinter dem Achim mit gebremstem Eifer seine Kunden bedient.

Da geht die Tür auf, und zwei Frauen kommen herein, die unterschiedlicher nicht sein könnten.

Die eine gut auf 1,70 gewachsen, schlank und schwarze lange Haare, die andere eine blondierte Pummelfee von der Sorte laufender Meter.

Sie setzen sich an die Bar. Kurz kreuzen sich unsere Blicke. Die Schönheit wendet den ihren ein wenig zu schnell ab, die Pummelfee strahlt mich an.

‚Sorry' denke ich, ‚Du bist nicht mein Beuteschema.' und trinke mein Bier weiter.

Die Schönheit nestelt aus ihrer Handtasche eine Zigarettenpackung vom Typ Longsize.

Ich beeile mich mein Feuerzeug aus der Jacke zu holen und ihr Feuer anzubieten. Sie läßt mich gewähren, allerdings mit spöttisch heruntergezogenen Mundwinkeln.

„Achim, ein Bier!"

Die Pummelfee hat auch eine Zigarette hervorgezaubert, aber ich lasse sie sie alleine entzünden. Nicht, daß sie sich nachher irgendwelche Hoffnungen macht.

Trotzdem strahlt sie mich an.

Über diese Art von Frauenpaaren habe ich schon seit meiner Jugend nachgedacht.

Sie sind grundsätzlich zu zweit. Eine ist immer hübsch und die andere immer ziemlich häßlich.

Ich kam damals zu der Überzeugung, daß das so eine Art Symbiose sein mußte.

Die Schöne wirkte durch den direkten Vergleich mit der Häßlichen noch schöner und jene bekam die abgewiesenen Bewerber als Beifang ab.

Und immer, wenn ich diese Sorte Frauenpärchen sah, schien sich meine Theorie aufs Neue zu bestätigen.

Na, soll sie meinetwegen den Beifang bekommen, ich werde jetzt den Schwertfisch zur Strecke bringen, weil ich nicht nur gut aussehe, sondern auch die besten Erfahrungen habe.

„Achim, ein Bier!"

Intellektuell zieht immer, also Köder an den Haken und die Angel ausgeworfen.

„Junge Frau, was halten Sie von der diesjährigen Vergabe der Nobelpreise?"

Sie schaut mich an, nimmt einen tiefen Zug und bläst den Qualm in meine Richtung.

„Nobel, das finde ich sehr nobel." Dabei schaut sie mich grinsend an und widmet sich ihrem Cocktail.

Und als ob sie mich provozieren will, fragt sie diesen geschniegelten Macho gegenüber, ob er wisse, wer dieses Jahr den UEFA-Cup gewinnen würde.

„Achim, ein Bier!"

Genervt schaue ich zur Pummelfee, die mich immer noch anstrahlt.

Wieso nenne ich sie eigentlich „Pummel"? So dick ist sie doch gar nicht.

Ok, sie hat eine sehr ausprägte Nase und zwei ziemliche Tränensäcke unter den Augen hängen, also gewiß keine Schönheit. Aber pummelig ist sie nicht.

Nur eben nicht meine Klasse.

„Achim, ein Bier!"

„Sie interessieren sich für Fußball?" forsche ich bei der Hübschen nach.

„Ja, aber natürlich!" erwidert sie von einem sehr hohen Roß herab, um mich

dann mit dem Zusatz: „Sie haben doch
aber sicher nie selber gespielt.“, in die
Couchpotatoecke zu bugsieren.

Blondie strahlt mich immer noch an.
Wo sind eigentlich ihre Tränensäcke
geblieben? Es muß am Licht gelegen
haben, eine optische Täuschung.
Sie hat blaue Augen und die lachen mich
an.
Aber hübsch ist sie wirklich nicht.
„Achim, ein Bier!“
„Junge Frau, ich bin dreimal den Ber-
linmarathon mitgelaufen!“ beeindrucke
ich die schwarze Hexe.
„Und sind auch immer angekommen?“
giftet sie zurück.
Ist schon komisch, mit dem Licht hier,
die Nase der Blonden paßt eigentlich zu
ihr, ja man könnte sie fast klassisch nennen.

„Achim, ein Bier!“

„Gute Frau, ich bin schon Marathon ge-
laufen, als der junge Mann hier noch im
Kindergarten Fangen gespielt hat!“
Tja, der Satz sitzt im Schwarzen.

„Es würde mich nicht wundern, wären
sie damals in Griechenland mitgelaufen!" lacht diese arrogante Schnepfe.
Ich weiß echt nicht, was ich an dieser
eingebildeten verknöcherten Zicke überhaupt gefunden habe.
„Wissen Sie was, mein Fräulein? Sie
sind mir zu flach!" werfe ich ihr hinterher, obwohl dieses „flach" meine Optik
Lügen straft. Aber ich wende mich nun
endgültig von der Schwarzhaarigen ab.
Eigentlich ist die Blonde sogar ziemlich
hübsch und gleich wird sie eine Schönheit.
„Achim, ein Bier und einen Doppelten!"

Die Qualen des
T. Antalos

Theodore Antalos war ein sehr erfolgreicher Schriftsteller.

Seine Bücher verkauften sich gut und für seinen Verlag war er der beste Pegasus im Stall, der die Auflagen mit sich in die Höhe riß.

Die Kritiker im In- und Ausland waren ihm gewogen und begleiteten jede seiner Neuerscheinungen mit wohlwollenden Rezensionen.

Auf den Kulturkanälen war er stets ein gern gesehener Gast in Zirkeln, Literaturforen und Kaminrunden.

So blieb es nicht aus, daß er irgendwann im Kampf gegen die Totsünde der Eitelkeit den Verlockungen nachgab und damit begann, sich Vorteile zu verschaffen, die er weder nötig hatte, noch ihm am Anfang seiner Karriere je vorstellbar gewesen waren.

Er sprang bei neuen Trends auf deren Trittbretter, und es gelang ihm nicht selten, diese Trends als von ihm initiiert zu annektieren.

Selbst vor dem Diebstahl guter Ideen seiner Zunftbrüder schreckte er immer weniger zurück und er verstand es, seine Beute so zu verstärken und zu überhöhen, daß seine Leser nie auf die Idee kamen, deren Ursprung woanders als bei ihm zu vermuten.

Fast alle größeren Literaturpreise hatte er schon gewonnen, nur den Olymp in Stockholm hatte er noch nicht erklimmen können.

Er wußte nicht woran es lag, daß die Mitglieder des Nobelkomitees seine schriftstellerischen Leistungen nicht ehren wollten, aber für das nächste Jahr hatte er einen Plan.

Er kannte einige Mitglieder vom Börsenverein des Deutschen Buchhandels von ihren Aufenthalten an den Gestaden seiner Heimat.

Während langer warmer Nächte war man sich näher gekommen und machte sich gegenseitig die artigsten Komplimente über das jeweilige Literaturschaffen, und es waren auch immer Mitglieder des Stiftungsrates dabei. Diese bestimmten den jährlichen Preisträger des internationalen Friedenspreises und das wäre, nein, mußte doch eine erstklassige Empfehlung für die ignoranten Wikinger sein.

In Kürze stand nun am Strand die große Eorti der Saison auf der Agenda und die wollte er nutzen, um den Kritikgöttern ein literarisches Festmahl zu kredenzen.

Sein schriftstellerischer Ziehsohn, der ihn wie einen Vater verehrte, hatte sein erstes Manuskript fertig und es ihm als zur Begutachtung übergeben.

Theodore war sehr begeistert von dem Erstlingswerk, erinnerte ihn doch der Schreibstil an seinen eigenen.

Damals, als junger Schriftsteller hatte er diesen frischen Stil und diese brillante Art und Weise, mit Wörtern Bilder in die Hirne der Leser zu zaubern. .

Leider war es ihm nur zu bewußt, daß er zu dieser Schreibkultur nicht mehr zurückfinden würde, war doch das Schreiben bei ihm inzwischen eher Beruf denn Berufung .

Aber warum sollte, ganz ausnahmsweise, und der Zweck heiligt bekanntlich die Mittel, dieses Manuskript nicht ein Kind von ihm sein?

Hatte er nicht den jungen Mann durch seine großzügige Unterstützung und Anerkennung, erst soweit gebracht, solch ein Buch schreiben zu können?

Und außerdem war er ja noch sehr jung und auch voller Schaffenskraft, das nächste Werk würde sicher noch besser werden, und er würde dieses dann für ihn präsentieren, um damit das wieder gutzumachen, was er sich jetzt anschickte zu tun.

Er gab seinem Verleger zu verstehen, daß er vorhatte, auf der Eorti aus seinem neusten Werk zu lesen.

Der Verleger war erstaunt erst jetzt davon zu hören, begleitete er doch Theodores Bücher sonst immer schon während dieser damit schwanger ging

Er war aber natürlich heilfroh, endlich wieder etwas aus Theodores Werkstatt veröffentlichen zu können.

Und so kam es nun zu seinem großen Auftritt, und je mehr Zeilen er beim Lesen an Zeile reihte, um so mehr trug ihn die spürbare Woge der Anerkennung aufwärts zum Olymp.

Das Publikum war begeistert, wieder die Glut des alten Antalos spüren zu können, und es war für ihn wie ein Rausch.

Er endete und schaute huldvoll in sein Publikum, und sein Blick blieb an seiner alten Bekannten Demeter vom Diogenesverlag hängen, die in ein Gespräch vertieft war.

Ihr Gesprächspartner war niemand anderes, als jener junge Schriftsteller, dessen Erstlingswerk er gerade allen als sein geistiges Eigentum präsentiert hatte.

Es wurde kühl um ihn, und das lag nicht am Wetter.

Der Applaus brandete zwar auf, über den Strand bis weit hinaus auf die Ägäis, aber seine Augen ruhten auf der Demeter, die nun mit zwei anderen Kritikern im Gespräch war, und er sah die sichtliche Erregung der Beteiligten.

Lange nach dem Abebben der Begeisterung seiner Fangemeinde ging er zur Strandbar, um wie immer die Afterpartygespräche zu führen.

Jene Hintergrundgespräche, die ihn über Frankfurt hinaus direkt nach Stockholm tragen sollten.

Die Bar war jedoch verwaist, keiner seiner einflußreichen Freunde und Gönner war dort.

Theodore ging heim.

Da saß er nun Tag für Tag in seinem Arbeitszimmer, den Schreibtisch bis zu seinem Bauch gefüllt mit Notizen, Entwürfen und begonnenen Manuskripten.

Immer, wenn er eine seiner Arbeiten vollenden wollte, verschwanden seine Ideen im Nichts.

Immer, wenn er einen seiner Freunde anrufen wollte, war dieser beschäftigt, verreist oder einfach nicht für ihn zu sprechen.

Und wenn der Oktober kam, ließ er donnerstags sein Telefon nicht aus den Ohren und war beim ersten Klingeln am Hörer.

Und jedesmal war es nicht der Anruf von der Akademie in Stockholm, sondern irgendeine Telefonwerbung, Marktforschung oder eine falsche Verbindung.

Und über ihm schwebte drohend die Vergessenheit.

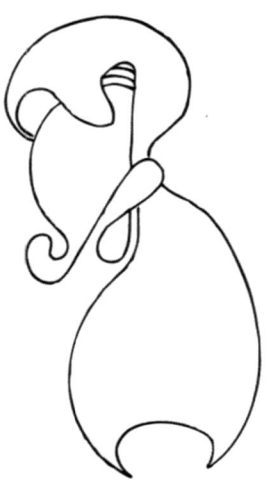

Affentheater

Er sitzt da und schaut zu mir herüber.

Nur das Gitter zwischen unseren Augen.

Fremdartig sieht er aus, aber auch irgendwie verwandt.

Fühlt er, was ich fühle?

Denkt er, was ich denke?

Er sitzt da, als würde er etwas kauen, sein breiter Unterkiefer arbeitet schwer.

Und er schaut mich an.

Jetzt kratzt er sich am Hinterkopf und schaut auf seinen Bauch.

Neben ihm, nicht zu nah, aber auch nicht weit entfernt, sitzt ein weibliches Wesen. Ob sie seine Auserwählte ist?

Beide tun so, als wären sie aneinander überhaupt nicht interessiert.

Trotzdem treffen sich ab und an ihre Blicke.

Es ist Mittag, und es ist ziemlich heiß. Wahrscheinlich sind sie nur zu träge, sich füreinander zu interessieren.

Ich kann das gut verstehen, ich sitze hier ja auch nicht alleine, aber diese Hitze dämpft jede Regung, sich mit dem anderen Geschlecht überhaupt auseinanderzusetzen.

Was ist es eigentlich, was uns trennt?

Das Fell, von dem der eine zu viel und der andere zu wenig hat?

Die Fähigkeit des einen, den anderen gefangen zu halten?

Langsam bekomme ich Hunger.

Liegt es daran, daß er ständig zu kauen scheint?

Nein, es ist ja auch bald Zeit für mein Abendbrot.

Mein Magen arbeitet in dieser Hinsicht wie ein Uhrwerk.

Eigentlich habe ich dieses Wesen ja nun lange genug beobachtet, und es brachte mir nicht eine Antwort auf meine vielen Fragen.

Diese Grenze zwischen uns, die das Gitter markiert, werden wir wohl nie überwinden können, da können wir uns noch solange in unsere Augen schauen und Grimassen schneiden!

Da steht er unvermittelt auf, dreht mir seinen Rücken zu und hängt sich diesen Stoffetzen um, als wolle er sich verkleiden.

Ihm ist es jetzt wohl auch lange genug gewesen.

Hinter mir höre ich ein Scheppern.

Der Schieber öffnet sich.

Ich hechte an das Stangengerüst und hangele mich hinunter, um mich durch die Öffnung zu zwängen zu meinem Fressen und meinen Weibern.

Man kommt zwar nie hier raus, aber das Essen wird pünktlich serviert

108

Wir machen was aus

Ich steh in Gedanken an dem gelben Pfahl,
warte auf den Bus, da spricht mich wer an.
Hallo altes Haus, wie geht es Dir denn?
Haben uns lang nicht geseh'n, was macht
Frau und Kind?

Hallo, mein alter Freund, wie schön, daß
wir uns seh'n!
Wir müssen unbedingt mal ein Bier trinken
gehen!
Hallo, mein alter Freund, ja auch ich hab
grad zu tun,
doch wir machen was aus!

Ich wende den Blick, es ist Wolf-Dieter,
die hohe Stirn, derselbe Bart,
mein Schulfreund von früher
und noch immer per Rad.

Hallo, mein alter Freund, wie schön, daß
wir uns seh'n!
Wir müssen unbedingt mal ein Bier trinken
gehen!
Hallo, mein alter Freund, ja auch ich hab
grad zu tun,
doch wir machen was aus!

Wir drückten die Schulbank,
zusammen streßten wir Kameraden
und Eltern, doch noch mehr die Lehrer
und hatten auch sonst einen Riesenspaß.

Hallo, mein alter Freund, wie schön, daß
wir uns seh'n!
Wir müssen unbedingt mal ein Bier trinken
gehen!
Hallo, mein alter Freund, ja auch ich hab
grad zu tun,
doch wir machen was aus.

Beruflich gingen wir andere Wege
der Freundschaft tat das keinen Abbruch,
wir gründeten zeitnah unsre Familien
und hatte die hübschesten Töchter der Welt.

Hallo, mein alter Freund, wie schön, daß
wir uns seh'n!
Wir müssen unbedingt mal ein Bier trinken
gehen!
Hallo, mein alter Freund, ja auch ich hab
grad zu tun,
doch wir machen was aus.

Das Leben ist leider, keine Routine,
und manchmal läuft eine Freundschaft leer.
Erst sieht man sich nur selt'ner und irgendwann nie mehr.
Keiner will es wirklich, doch es geschieht.

Hallo, mein alter Freund, wie schön, daß
wir uns seh'n
Wir müssen unbedingt mal ein Bier trinken
gehen!
Hallo, mein alter Freund, ja auch ich hab
grad zu tun,
doch wir machen was aus.

An den Marken unserer Wege fahre ich
heute wieder vorbei,
das kleine Kaffee am S-Bahn-Bogen, Dein
Schlachtensee, Dein Grunewald.
Unter den großen märkischen Kiefern, zwischen Findlingen eingerahmt,
klafft ein Loch einmal zwei Meter, in das
sich langsam Dein Sarg absenkt.

Ruh sanft mein alter Freund, wie schön, daß
wir uns kannten
Wir können nun leider kein Bier mehr trinken gehen!
Ruh sanft mein alter Freund, ja auch ich
hatte immer zu tun,
doch wir machen was aus…

Mutter

Ich halte ihre Hand mit beiden Händen,
die Runzeln dort vertraut aus Kindertagen,
das Lebenssaldo, aller Müh und Plagen.
Die Haut ist blaß, paßt farblich zu den Wänden.

Gedanken fliegen, sich ins Gestern wenden.
Von dieser Hand geführt, konnt' ich es wagen,
den ersten Schritt ganz ohne zu verzagen;
nun halt ich sie, weil ihre Wege enden.

Dich halten möcht' ich. Deine Schmerzen lindern,
dem Schicksal trotzen und auf Hökerweise,
was Dir bestimmt, durch Handel zu verhindern.

Ein müder Blick, die Worte kommen leise:
„Ich gehe, doch wir leben in den Kindern."
Die Hand erschlafft, ich wünsche gute Reise.

Kario Kariologiker

Sushi

Ein Traum kämpft noch mit dem Nebel der Realität, als sich die Klingeltöne meines polyphonen Handys in den Vordergrund schieben. Mit einer Reflexbewegung stelle ich den Wecker aus. Meine Augen sind offen und versuchen in dem Muster der Deckenverschalung irgendetwas projektiv zu erkennen. Es ist ruhig, fast friedlich. Pflicht dringt in meinen Kopf ein und macht sich in meinen Muskeln bemerkbar, die sich allmählich aus der Lethargie einer Schlafstellung in aktives Gewebe wandeln.

Wieso kommen mir gerade jetzt Noriblätter in den Sinn? Jene getrockneten, stark hydrophilen Algenblätter, die sich um eine Reisrolle winden, in deren Kern etwas Fischiges ist. Ich sitze mit einem Mal auf meiner Bettkante, ohne mir selbst den Befehl gegeben zu haben. Eine jahrelange Routine hat mich in diese Sitzposition gebracht, während meine Gedanken sich um die Noriblätter drehten. Algenblätter. Wasser. 'Ich muss heute duschen', denke ich noch und schon wische ich mir die Augen um Klarheit zu finden. Ja, Sushi äße ich jetzt gerne zum Frühstück. Kleine, Essigreis gesäuerte Reisbällchen, eingetunkt in Sojasoße, die etwas mit Wasabi versetzt ist, jenem grünen, besonders scharfen Meerrettich. Dieser zart gesäuerte Reis mit der leicht geschärften Sojasoße hat sich in meiner Vorstellung bis zur Grenze einer Wahnvorstellung eingefressen und hypnotisiert mich, bis mir der Alltag wie eine Gardine Schuldbewusstsein vor meine Gedanken schiebt. ‚Nun steh' endlich auf ... wie komme ich nur auf Sushi?'

Es ist gleich 6 Uhr und ich muss mich nun beeilen, damit ich nicht zu spät bin. Wie viele andere auch. Millionen von Menschen stehen jetzt gerade auf und richten sich für ihren Alltag. Klingelt bei denen auch der Wecker oder vielleicht ein Weckradio oder gar ein Weckfernseher? Woran denken sie, wenn sie aufstehen? Gehen sie zuerst ins Bad oder an den Frühstückstisch? Ich gehe meist erst in die Küche und dort direkt an die Kaffeemaschine und koche mir einen Milchkaffee, lese dann kaffeeschlürfend die Zeitung und gehe dann erst ins Bad.

Mal sehen, waren da nicht noch Sushi von gestern im Kühlschrank?' Ein kalter Hauch strömt mir entgegen, als ich die Kühl-

118

schranktüre in der Hand halte, damit sie nicht wieder zuklappt und trotz meiner verschlafenen Augen sehe ich sie sofort. Zwei ungeteilte Röllchen sind noch übrig geblieben und ich nehme ehrfürchtig die Schale mit den Sushirollen und trage sie zur Anrichte. Vorsichtig ziehe ich aus dem Messerblock das Sushimesser, ein japanisches Kochmesser und prüfe seine Klinge. Auf dem gefalteten Stahl darf keine Verunreinigung sein. Mit einer kleinen Idee Wasser benetze ich die Klinge, so wie ein Samurei sein Schwert. An einer benetzten Klinge bleibt der Reis nicht kleben und sanft dringt die Schneide in den Reiskörper ein. Ich beginne, die Rolle in mundgerechte Stücke zu teilen. Mit Bedacht mixe ich Wasabi unter die Sojasoße und nehme die Silber beschlagenen Essstäbchen.

Der Reiz auf die Geschmacksnerven wird mit einer Explosion der Speicheldrüsen beantwortet, als das erste Röllchen im Mund sein Aroma entfaltet. Mein Blick verlässt den Raum. In der Ferne sehe ich durch das Küchenfenster rote Milane kreischend kreisen und zerbeiße gleichzeitig die Gurkeneinlage, die im Zentrum des Sushis neben dem Fisch eingelegt ist. Die natürliche Komponente der Gurke gibt einen Kontrast zu der gesäuerten Schärfe, wie sie sich oft in der Natur wieder findet, und veranlasst mich weiter den Milanen zuzuschauen, die nun von großen schwarzen Krähen belästigt werden. Es sieht aus als ob sie kämpfen. Wahre Flugakrobatik begleitet die Geschmackssensation. Ein zweites Röllchen findet den Weg von der Tunke in meinem Mund und ich beiße bedächtig hinein. Das Noriblättchen wehrt sich oft erst ein bisschen, doch kämpfe ich nicht, sondern beiße so zart zu, dass sich die einzelnen Geschmackskomponenten nicht gegenseitig zerstören. Betörend gleißend schiebt sich die Sonne über den Hügelkamm und nimmt mir die Sicht auf die Milane. Ein letztes Röllchen, eigentlich hätte ich es nicht mehr zu essen brauchen. Mein Wunsch war schon nach dem ersten Bissen enthypnotisiert, denn schon der erste Moment hat mich süchtig gemacht, nach dem Moment, der schon Vergangenheit war.

Halb sieben, zeigt die Uhr an. Zeit zum Duschen. Wie machen es wohl die anderen Menschen, morgens, wenn sie aus dem Traum gleich in die Zeit müssen? Wie viel Zeit geben sie der Zeit, die nicht viel Zeit braucht?

1. Tarifrunde
(Folter) um 1757

Den ersten ernstzunehmenden Tarif
erachtete sogar Mister Ben Schott als
so wichtig, dass er in seinem Buch
„Schotts Sammelsurium" Erwähnung
fand! Dieses Buch gehört eigentlich in
den Haushalt all derer, die sich rüh-
men, ein gewisses Allgemeinwissen zu
ihrem allgemein wissenslosen Gewis-
sen vorrätig zu halten. Und sei es auch
nur in Form eines Sammelsuriums,
wie Ben Schott sein Werk nennt, in
dem er nutzbare Dinge und Daten des
Alltags gesammelt hat.

Doch es geht hier nicht um Ben Schott
und sein Buch, sondern um Folter.

Die „Folter" beim Zahnarzt ist ja noch
gar nicht so alt, war jedoch von je her
ein Mittel, um etwas zu beweisen, also
etwas in Erfahrunggebrachtes zu recht-
fertigen und somit diese Erfahrungen mit
den Beweisen dann zum Nachweis zu
nutzen, in der heutigen Wissenschaft

Wissen zu schaffen, das eben auf der Basis aller „Folter" entstanden sein muss. Logisch, oder? Diese Technik ist, relativ gesehen, eben noch sehr jung, also die junge Technik, obwohl auch die alte Technik etwas zu erfahren, in dieser Zeit eine nicht unscheinbare Renaissance erfährt, die einen manchmal schon erschaudern lässt.

Offensichtlich ist der gemeine Nutzen einer Folter auch schon in frühester Zeit ein richtiger „Renner" gewesen. Zumindest scheint es so, denn das Foltern an sich ging den Auftraggebern mächtig an den Geldbeutel und war wohl schon früher ein so teures Vergnügen, dass der Fürst-Bischof von Köln am 16. Januar 1757 einen Foltertarif einführte. Und das, nachdem er dem amtlichen Oberfolterer schon einen stattlichen Betrag als Vorschuss gegeben hatte, nämlich 80 Reichstaler, 20 Albus, 12 Malder Korn und 4 Klafter Holz.

Das sind umgerechnet … ach, herrje, in Euro wären das … also … na, ja, der hatte auf jeden Fall schon mal eine ganze Menge Holz vor der Tür. Dafür gab es damals auch keine Urlaubsregelung und selbst das Qualitätsmanagement war noch nicht so verpflichtend wie wir es heute kennen. Man kann eben nicht alles haben, besonders dann nicht, wenn es an tatkräftigen Aachner Printen fehlt, wie sie eine Trullala Schmidt ist.

In dieser besagten Folter-Tarif-Liste waren ganze 55 Folterarten aufgelistet und natürlich die entsprechende Entlohnung dafür.

Gut verdienen konnte man als Folterer der oberen Tarifklasse (ohne Lohnnebenkosten und Kilometerpauschale!) besonders mit Zerreißen und Vierteilen durch vier Pferde, was 5 Reichstaler und 26 Albus einbrachte, um einmal die lukrativste Variante vorweg zu nennen. Das Vierteilen allein brachte immerhin 4 Reichtaler ein. (Ohne Pferde? Nur mit Menschenkraft – quasi ein „Strongest-Men-Competition" op Kölsch?)

Nur Köpfen wurde dagegen mit geziemen 2 Reichtalern und 52 Albus vergütet. Ob der Henker auch „den Dreck weg mache musste" oder ob dafür eigens die Kölner Stadtreinigung erfunden worden war, bleibt dem Chronisten leider

verschlossen und selbst in den Stadtar-
chiven gibt es darüber keine genauen
Angaben.

Sehr einträglich waren auch das Her-
ausschneiden der Zunge und das Aus-
brennen des Mundes mit einem rotglü-
henden Eisen. Das war derer vom und
zum alten Cöln ganze 5 Reichtaler wert.
Eine Methode, übrigens, die sich bis
heute als Parodontosebehandlung hat
erhalten lassen und besonders "genüss-
lich" von einem Berufsstand gepflegt
wird, der sein "jämmerliches" Dasein
den Friseuren zu verdanken hat und bis
heute nur von der Hand im Mund lebt.

Dagegen nimmt sich Verbannen aus
der Stadt und das Verprügeln mit 52
Albus Salär eher als Dienst für den
„Lehrling" aus. Und sogar die Schrek-
kensverbreitung durch Vorzeigen der
Folterinstrumente, quasi der „Tag der
offenen Tür" der Folterinnung zu Colo-
nia Claudia Ara Agrippinensis, im Jahre
Anno dazumal, hatte man den Akteuren
mit 1 Reichtaler entgolten. Immerhin, so
hatte man wenigstens den Aufwand entschädigt. >hüstel< Also doch vielleicht

die erste Kilometerpauschale. Mer weiß
et nitt.

Wenn ich es mir aber so recht überlege
war Köln, das Forum Germanum der
römischen Legionen unter Claudius,
immer schon eine sehr handelstüchtige
Stadt und vielleicht wurde damals schon
der Grundstock für die Messehallen in
Köln-Deutz gelegt. Auch das weiß man
leider nicht, besonders in Bezug auf die
Tatsache, dass Deutz früher für Köln
Ausland war und noch heute mit dem
Rhein auf die natürlichste Weise ge-
trennt wird.

Außer dem Ausstellen der Folterinstrumente hatten pfiffige Kaufleute noch
gute Marketingideen entwickelt. Die
Marketing-Idee ist eben weder neu, noch
von Amerikanern erfunden. Das waren
natürlich wieder wir Kölner. So spannten
die Kaufleute eine Kette über den Rhein
und kassierten die Heringe ein, die
rheinaufwärts getreidelt worden waren
und um das alles an den Mann oder die
Frau zu bringen, sind mal eben ein paar
verschimmelte Knochen in Mailand ge-
klaut worden, hatte diese als Gebeine der
heiligen drei Könige deklariert, sehr gol-

dig eingefasst und um diese Präziose herum dann einen Dom gebaut. Und dieses mittelalterliche bis barocke Prunkstück christlicher Vorsintflut ist noch heute die Vorhalle des Kölner Hauptbahnhofs, in dem jedes Jahr Tausende von Pilger ankommen. Tja, dumm waren die Kölner damals nicht und nicht umsonst ist Köln noch heute die reichste Diözese. „Vun nix kütt nix", sagt man noch heute in Köln nicht umsonst.

Doch weiter in den Foltermethoden:

Für das Abschneiden einer Hand oder mehrerer Finger und auch für das Köpfen wanderten pauschal nur 3 Reichtaler und 52 Albus in des Henkers Geldbeutel. Man sieht also, dass es ganz egal war, was man abschnitt, es wurde alles gleich bewertet, denn der Delinquent verstarb ganz sicher, was natürlich die Sinnvielfalt der Folterziele damals wie heute stark in Frage stellt. Doch zeigt es deutlich auf, welchen Wert ein Mensch hatte, sowohl damals, wie vielleicht noch heute?

Nun, so war Knochen brechen bei lebendigem Leibe wieder etwas lohnender, denn dafür zahlte man sogar 4 Reichstaler, ebenso wie fürs Hängen und Verbrennen. Ob man allerdings Letzteres als Druckmittel erfolgreich einzusetzen gedachte, ist nicht übermittelt. Dafür aber mit Sicherheit die Chronik von 1757, in der all diese netten gesellschaftlichen Accessoires niedergeschrieben worden sind. Das ist nicht nur heute noch normal, das war früher viel normaler!

Was nun das Herausreißen eines Zahnes oder mehrerer Zähne, natürlich ohne Betäubung, zu dieser Zeit gekostet haben mag, entzieht sich ebenso der Kenntnis des Chronisten, denn die Barbiere oder Bader hatten leider erst sehr viel später, vielleicht viel zu spät sich Gedanken um einen Gebührenordnung für dentalmedizinische Leistungen gemacht. Vielleicht bekam man ein halbes Schwein oder man hatte Schwein, wenn man keins über die Rübe bekam, welche, für sich genommen, damals eher der Schnapsgewinnung diente und dieser wiederum eher zur Betäubung herangezogen wurde.

Nimmt man nun die Tarifrunde 1757 als das Maß Null, dann müssten heute Unsummen für die gleiche Tätigkeit bezahlt werden müssen und vielleicht ist das mit ein Grund, warum man diese Machenschaften an offensichtlich gesetzlose Strukturen weiterreichte. Unerklärlich ist dabei allerdings, dass man grün, schwarz oder blau eingekleidete Machenschaftsverhinderer den Auftragsbeauftragten hinterher schickt, um ihnen, so gut es geht, die Suppe zu versalzen.

Aber, man muss ja nicht immer alles wissen, oder? Und wie sagte meine Oma stets in rheinischer Ergebenheit so schön op kölsch:

* „Jung, mer weiß nitt, wofür et ens jot sin kann. Vun nix kütt nix. Also, bes jetz still!"

Übersetzt:

„Junge, man weiß nie, wofür es gut ist. Von nichts kommt nichts. Also, sei jetzt still!

Als Dentalhysteriker weiß ich, dass ich viele kenne, sehr viele sogar, wenn nicht noch mehr. Doch ist dieses Kennen auch das Kennen, was wir meinen zu kennen? Oder kennen wir Kennen nur als reflektionslose Floskel, weil uns Kennen sonst komisch vorkäme, gar abartig? So absonderlich, dass es dann vielleicht sogar die Schwemme von Promis nicht gäbe, die man ja angeblich auch glaubt zu kennen? Das kennen Sie doch, oder? Sehn'n Sie…

*I*ch kenne keinen Carl Smolenski.

Es war eher ein belangloses Gespräch, trotz der Gedanken über die Qualität von Menschen und wie man sich austauscht. Ganz nebenbei und fast schon im Smaltalk verloren gegangen, meinte er, mit dem ich mich eher zufällig austauschte, dass ihm Mundarten gefielen und besonders der badische Dialekt und dass er ihn ausgesprochen gerne von jemandem höre, den sein Freund kennen würde, der Carl Smolenski heiße und Musiker im Felix Schmidt Quintett aus Baden-Baden sei.

Ihn, mit dem ich dieses Gespräch führte, kannte ich eigentlich gar nicht und wir sprachen nicht einmal direkt miteinander, sondern schrieben uns eher kleine Briefe, die nur Eindrücken eines winzigen, fast unerheblichen Moments galten und ansonsten keine große Bedeutung hatten, außer, dass wir uns über eine andere Nebensache ganz spontan kennengelernt hatten, weil nämlich jemand aus meinem näheren Bekanntenkreis diesem „Ihn" meine Internetkontaktdaten weitergegeben hatte, damit ich zu etwas Stellung beziehen solle, das nach Einschätzung meines Bekannten mich interessieren könnte.

Aus reiner Höflichkeit und ohne großen Anspruch auf einen inhaltlichen Diskurs, antwortete ich ihm auch angemessen und wäre nicht im Geringsten auf den Gedanken gekommen weitere Briefe auszutauschen, wenn nicht der

130

Name Smolenski und dazu noch mit dem Vornamen Carl, besonders der Carl mit „c" geschrieben und dazu noch der Carl, der im Felix Schmidt Quintett spielt während dieses Briefwechsels in diesem besagten Nebensatz gefallen wäre.

Ich kennen weder Felix Schmidt noch Carl Schmolenski persönlich, habe weder mit ihnen musiziert und noch nicht einmal mit ihnen gesprochen oder irgendeinen anderen Kontakt gehabt, bis auf die Tatsache, dass ein befreundeter Musiker mir erzählte, dass Carl Smolenski ein miserabler Instrumentalist sei, aber ein wirklich origineller Typ und durch und durch den Badenser verkörpere, so dass es weniger wichtig sei, Carl Smolenski musizieren zu hören, als eher ihn sehen zu müssen und besonders ihm beim Erzählen zuhören zu können. Nur an eine seltsame Begebenheit erinnerte ich mich schwach.

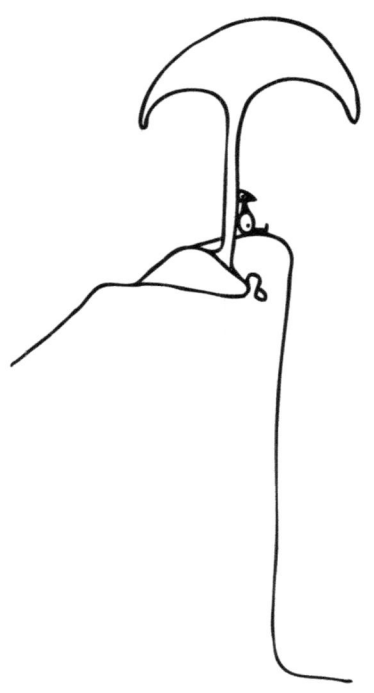

Interdisziplinäre Anfrage

"Ach, entschuldigen Sie bitte, Frau Veterinär, ich wollte meinen Regenwurm kastrieren lassen, ja, ich weiß, dass Sie gerade wegen der vielen Watterollen im Mund und dazu auch noch den Nervnadeln im Zahn schlecht antworten können, und ja, ich will es Ihnen auch gönnen, aber wissen Sie, der alte Haudegen schleimt sich überall ein. Anton, ja so hieß er bis vor kurzem und ich will mich bald an Willibald gewöhnen, Sie wissen ja wie diese Lumbricidaes so sind, denn kurz vor seiner unverschämten Umschleimung war es noch Antonia und die hatte ich wirklich sehr lieb. Wie sie so in meinem Balkonkasten den Blättern zu Leibe rückte, sie mein ganzes Herz entzückte, doch es kam wie es kommen musste, Antonia begegnete einer Moluske und was auch immer es war, alles war anders. Christian wollte sie nun heißen, ich verbot es ihr streng. Darauf folgte einer fast wirre national fundamentalistische Gesinnungsphase ... Sie zucken ja so ... wie bitte, ach, Ihr Schäferhund war auch ... seltsam, na, ja. Auf jeden Fall hatte Anton dann sein Hinterteil von schwarz in rot verfärbt und sich ganz laissez faire sozialistisch gegeben. Ich weiß wirklich nicht, woher er es hatte, denn ich habe alle Rudi Dutschke Dokumentationen allein für mich im Schlafzimmer angeschaut und jetzt ist er der King der Krummbude 1. Stellen Sie sich das mal vor. Er will, dass ich zu ihm Langhans sage, als ob Hans nicht reichen würde und quasi auf der Stelle verließ er das Haus und mir wurde ganz blues zu mute.

Also, was sagen Sie, Frau Dr. Veterinär, sind das nicht feste Fakten für eine Entschlechtlichung?

Seh'n Sie, ich sag es ja..."

Kaffeerösterei

Der Samstag war für mich ein Sonntag. Dann nämlich nahm mich mein Großvater immer mit, wenn er Kaffee kaufen ging. „Na, Kleiner, willst'e mit?" fragte er immer leicht schelmisch, wohl wissend, dass ich schon darauf brannte, dass er diese Frage stellte, die ich niemals verneinte, was Großvater wohl auch wusste.

Wir fuhren mit der Straßenbahn nach Kalk. Schon die Straßenbahnfahrt war ein kleines Abenteuer. Ein Schaffner stand in der Tür und half mir jedes Mal in die Bahn zu steigen, wartete dann bis Großvater saß und zog, nach einem Kontrollblick zu allen Seiten, an einer Leine, die sich vom Ende des Gastraumes den Zug durch bis zum Fahrersitz an der Decke entlang schlängelte. Wie eine Wäscheleine. Erst wenn der Schaffner an der Leine gezogen hatte, worauf ein Klingelton schrill erklang, fuhr die Bahn los.
In Kalk war direkt neben der Haltestelle die Kaffeerösterei. Ein, für den damali-

gen Baustil und dem Wohnviertel, ganz modernes Gebäude. Der Bungalows ähnliche Flachbau war halbrund angelegt und hatte eine Schwingtüre, die sich gedämpft schloss, wenn man hindurch gegangen war. In dem großzügigen Besucherareal herrschte eine respektvolle Ruhe, die nur durch die Geräusche der verschiedenen Mahlwerke unterbrochen wurde. Der ganze Raum war erfüllt von einem betäubenden Kaffeeduft. – Mit großer Wahrscheinlichkeit bin ich während dieser Besuche in der Kaffeerösterei zum Liebhaber des Kaffees geworden, denn ich liebe Kaffee in jeder Form und Zubereitung. –

Ein gutsituierter Herr stand hinter der Theke und fragte meinen Großvater höflich, fast distinguiert leicht zurückhaltend nach seinem Wunsch. „Ein Pfund von dem Doppelröst", antwortete mein Großvater immer. Bis heute habe ich diese Bezeichnung nicht wieder gehört, es war wohl ein Insiderausdruck. Man verstand sich. Der Herr der Kaffeerösterei ging einen Schritt nach hinten und nahm eine schaufelähnliche, runde Lade aus der großen Holzwand und ließ die

Kaffeebohnen in eine Waage rieseln, die sich mit jeder Bohne weiter austarierte bis das Maß voll war. Daraufhin nahm er die Schütte und ließ den Inhalt in eine Mühle prasseln. Ein großer Schalter stellte das Mahlwerk ein. Augenblicklich strömte zu der schon kaffeegeschwängerten Raumluft neues Duftpotential, das sich mit jeder Sekunde des Mahlvorganges zu verstärken schien. Ich liebte es, wenn mir der Geruch in die Nase stieg. Eine bis heute gustatorische Sensation, die ich niemals vergessen werde.

Die Zeit, die während des Mahlens zum Warten zwang, nutzte der Herr, um sich nach meinen Wünschen zu erkundigen. „Und, für den Kleinen wie immer?" Großvater nickte und ich bekam mein Weingummi und die Schokolinsen überreicht, so, als ob sie genauso wertvoll seien, wie der Kaffee, den Großvater, wohl wegen des hohen Preises nur pfundweise kaufte und nur einmal in der Woche.

Das Mahlwerk verstummte und der Herr des Kaffeeröstens nahm eine Tüte, spreizte sie routiniert und hielt sie unter den Auslass der Kaffeemühle. Er öffnete den Schieber mit einem Hebel, den er mehrmals klackend einrasten ließ, bis auch das letzte Stäubchen Kaffeepulver in die Tüte gefallen war. Die Origami ähnliche Faltung zum Verschluss der Tüte war so kompliziert, dass man nur erahnen konnte, welch große Bedeutung ihr zukommen sollte. Sie musste das Aroma festhalten. Mindestens so lange, bis Opa sich den ersten Kaffee aus dieser Tüte aufbrühte.

Der ganze Kaufakt hatte den Anschein einer gegenseitigen Respektsbekundung und ist mir bis heute ein Vorbild dafür, wie ich etwas kaufe oder verkauft bekommen möchte.

*M*orsezeichen?

Die Grillen zirpen, es ist betörend laut vor Ruhe und alle Geräusche des Sommers vereinen sich zu einer Harmonie der Gelassenheit. Fledermäuse zischen ums Haus, kaum dass man sie wahrnehmen kann, sind sie wie ein Blitz - schon weg. Mücken kehren heim und belästigen Fliegen. Fliegen suchen immer weiter emsig nach Essbarem. Zufrieden weiden Tiere draußen in den großzügigen Einzäunungen, grasen oder käuen den Grasbolus erneut, gemäß dem natürlichen Zyklus. Der Mähauswurf auf den Feldern verströmt einen würzigen Duft, der durch das Wälzen noch verstärkt wird. Die Luft ist schwül erfüllt von Sommer. Es ist windstill.

Auch meine Verdauung pendelt sich in einem mediterranen Zyklus ein. Dazu Ouzo oder Pernod, ganz so, wie die Wärme es mir wohl bekommen lässt.

Ich bin entspannt.

Jetzt fehlt eigentlich nur noch ein Häppchen aus der Kochwollust meiner Frau, denke ich, und besser kann es heute nicht mehr werden.

Ich fühle die Zufriedenheit und lasse mich ganz auf dieses Schweben der Zeit ein, genehmige mir noch einen Pernod auf Eis.

Über dem Geräuschkonglomerat erhebt sich plötzlich ein vereinzeltes, leises Klicken, ein Ticken. Ganz hell und immer deutlicher. Ich weiß es noch nicht einzuordnen und versuche den Ursprung zu orten. Wieder ticken leise einzelne Töne und mein Ohr separiert sie nun deutlich aus dem Mix der Naturgeräusche heraus.

Tick, tickeditick, tick, tick, tickeditack, tick, tick …

… allmählich nehme ich sie deutlich wahr.

Was könnte das bedeuten?, frage ich mich, versuche den Rhythmus zu dechiffrieren. Ein Morsezeichen, vielleicht? Eine geheime Botschaft?

Tick, tickeditick, tick, tickeditack, tick, tick, tick …

Der Rhythmus verändert sich. Wann habe ich das letzte Mal ein Morsealphabet benutzt?

Als Pfadfinder. Ach, das müssen Jahre her sein. So etwas Antiquiertes. Ich kann nur noch SOS morsen, höchstens und selbst dabei wäre ich mir nicht einmal sicher, ob ich es richtig hin hinbekäme, würde ich es einmal ernsthaft nutzen müssen.

… tickeditack, tick, tickeditack, tick, tick, tick, tickeditack …

Was könnte es nur bedeuten. Unverdrossen, beharrlich, ohne jede Hetze und gleichbleibend laut tickt es weiter, ich nehme diese steten unrhythmischen Morsezeichen immer deutlicher wahr. Sind es überhaupt Morsezeichen?

Tiggedig, tickeditack, diggedick, tick, tickeditack …

da, es hat schon wieder seinen Rhythmus gewechselt. Bestimmt ist es nicht nur ein Morsezeichen, es muss eine Mischung sein, aus Morsealphabet und einem anderen Klopfcode. Aber welchem?

Mein Magen knurrt, ich bekomme langsam Hunger.

„Liebschen, wann jibb'et Abendbrot?"

„Gleich, sofort, die Eier sind gerade fertig", sagt meine Frau noch, während sie das kalte Wasser bis zum Anschlag aufdreht, um sie abzuschrecken.

*P*enelope von Saltimbocca ist tot

Aktennotiz: PvS/Wol/Tee-06.102009-815763.1-wol Bitte bei allen Schreiben mit angeben.
Höchste Priorität – Zur Vorlage Frau Ministerin U. Schmidt persönlich.

Der Tatbestand – nach Anwenderaussage:

Der Trauermarsch erklang eher zufällig im Radio und es entstand ein tief betroffenes Schweigen. Penelope ist tot. Die 1,276 cm große, adelige Springspinne, Penelope von Saltimbocca, die seit zwei Tagen im rechten Waschbeckenwinkel des linken Behandlungszimmers im zweiten Stock eines dreistöckigen Büro- und Wohngebäudes immer brav und angenehm unaufdringlich, ja geradezu höflich, distinguiert den Waschungen beigewohnt hatte, war durch höhere Gewalt abrupt in den Tod gerissen worden.

Eine noch 13-jährige mimikreduzierte Botox-Patientin hatte gerade die Leitungsanästhesie im Unterkiefer rechts gesetzt bekommen, als sie entsetzt, mit zu Berge stehenden Haaren (Dreiwettertaft) im rechten Augenwinkel, durch die Winkelwirkung, und der damit in ihrer myopen Fehlsichtigkeit verbundenen vergrößernden Verzerrung der Darstellung, gesehen hatte, wie sich Penelope, die gerade aufgestanden war und sich nun umdrehen wollte, damit sie ordentlich den Hintern versohlt bekommt - was ihr während ihres langen, unbemerkten Aufenthaltes immer gefallen hatte - also genau in diesem Augenblick jedenfalls, erblickte die 13-jährige Botoxbenebelte sie, die Springspinne Penelope, und mit einer tai-chi-chuan-ähnlichen, reflexartigen Bewegung landete ihre unschuldige, vom Beten und Beichten noch reine, weiße und makelfreie Hand aus nicht unerheblicher Höhe in der ganzen Länge und Breite auf Penelope.

Alle Wiederbelebungsversuche waren vergebens. Ein eigens, eilig herbeigerufenes Arachno-Rescue-Team der Schweizer Spezial-Cavumwacht kam nur wenige

Minuten zu spät. Penelope erlag den Folgen ihrer Schlafsucht.

Penelope ist tot. Keiner konnte die Angehörigen rechtzeitig unterrichten und so landete Penelope nach großem Ach und Weh, nach sorgfältiger Enthaarung und vonhagenscher Plastifikation, mit anschließender, intensiver alkoholischer Sterilisation im Papierkorb der nahen, nicht ortsgebundenen Bedürfnisanstalt. Ihrem Andenken wurde im Dixi-Klo Nr.: 12462357,7 mit einem goldenen, dokumententauglichen Edding die letzte Ehre erwiesen.

Keiner trauert um Penelope ... wann gibt es endlich Kaffee und Streuselkuchen?

Der Leichenschmaus fiel leider aus und das war durchaus nachvollziehbar, wenn auch strittig. Liegt doch mittlerweile dieser Vorgang als Begründung für einen Verfahrensanweisungsvorschlag einer Arbeitsgruppe des unteren Vorschlagsgremiums des Gesundheitsministeriums unter der federführenden Leitung des ehemaligen Patienten und Ressortleiters Dr. rer.pol. Willi Wolverast vor, den er persönlich mit der höchster Wichtig-

keitsstufe versehen hatte, er, Dr. Wolverast, persönlich!

Was war passiert, dass es ihn, Dr. Wolverast, immer wieder in einer, für sein
Ressort eher unverhältnismäßigen, ja,
fast hartnäckigen Intensität und Behar-
lichkeit, mit seinem Antragsvorschlag
vor Trullalas Türe trieb? (Trulalla = Ulla
Schmidt)

Antragsausführungsbegründung

- nach Anwenderaussage:

Erst letztes Jahr, es war ebenso traurig
wie unerwartet, denn wir wollten gerade
um etwas trauern, ist die Teerraupe
„Blacky" direkt vom vorderen Rand der
Behandlungslampe - wohl wegen der
erheblichen Zunahme der Wärmeentfal-
tung – nach verzweifelten Versuchen
doch noch irgendeinen Halt zu erhalten,
wohl eher versehentlich abgerutscht und
von dort aus ungebremst in den Mund
von Manfred Wolverast, dem Bruder
von Dr. rer.pol. Willi Wolverast seines
Zeichens Oberstudienrates und Lehrer
für Biologie und angewandte Thermo-
dynamik, derart ungünstig hinein gefallen, dass dieser, M. Wolverast, unmittel-

bar an den Folgen eines Teerraupen-bronchialkarzinoms sich brachial seiner Bronchien entledigte, vor den Augen der Aufsicht führenden Ziehschwester seiner Mutter Hildegard. Während der, nun auch für diesen außergewöhnlichen und zutiefst bedauernswerten Zwischenfall bei der, mit großer Anteilnahme besuchten Trauerfeierlichkeiten, die hauseigene Kaffeemaschine schon nach den ersten zwei Kondolierenden nur noch bereit war Tee zu kochen.

Tja, watt so alles kaputt gehen kann ... traue keiner Kaffeemaschine vor
13.64 Uhr.

Anmerkung des Verfassers:

Nach unbestätigten Informationen soll der Antrag „Kaffeemaschinen bei Trauerfeierlichkeiten" noch morgen dem TÜV Rheinland vorgelegt werden, der seinerseits in einer Vorankündigung schon einer gutachterlichen Vorprüfung stattgegeben hatte, wohl dem Papier keine Zustimmung erteilen werde, weil in den Augen der juristischen Oberinstanz des Fachnebenressorts „Maschinen in öffentlichen Veranstaltungsstätten" des

TÜVs, nach erster Voreinschätzung, ganz entscheidend für eine weitere Prüfung, es sich nicht um eine Teemaschine handeln würde. Und in der gleichen gutachterlichen Vorabstellungnahme wäre dem Ansinnen von Dr. rer.pol. W. Wolverast obendrein vorzuwerfen, dass eine klar heraus lesbare, rassistische Einstellung den Teetrinkern gegenüber mit den geltenden, gesetzlichen Bestimmungen derzeit nicht vereinbar wäre.

PS *Saltimbocca* bedeutet auf Deutsch: *Spring in den Mund*

Siss wowo

oder
ein Südseetraum

Nosy be. Es ist frisch heute morgen.
Um 7.00 Uhr sind es nur 25°C im Schat-
ten und der Himmel ist blau, das Meer
ist blau und ich werde langsam wieder
nüchtern. Ich sitze auf einem begrünten
Stück Strand, das so etwas ähnliches sein
soll, wie ein Garten. Das Steppengras
hinterlässt deutliche Spuren in der Fuß-
sohle und barfuss geht hier kaum einer.
Das kleine Haus, in dem wir leben, ist
schon so aufgeheizt, dass man es darin
nicht mehr aushält. Cola mit Rum ist die
einzige Erfrischung, die den Tag erträg-
lich werden lässt. „Siss wowo" – Nichts
Neues - grüßt mich Abdul, der Nacht-
wächter. Ein pechschwarzer, großer,
muskulöser Mann aus Martinique. Er
liegt jede Nacht mit einer Machete be-
waffnet, vor unserem Haus. Dort schläft
er und hält Wache. Jetzt ist er fertig,
scheint sehr zufrieden und geht von dan-
nen.

Am Strand schlendern die Tagelöhner vorbei. Sie haben es nicht eilig, keiner hat es hier eilig Sie gehen Steine klopfen. In sengender Hitze, den ganzen Tag lang, bis kurz vor Sonnenuntergang. Die Temperatur steigt und hemmt jede Intention, sich zu bewegen. Die Wellen züngeln ein wenig am Strand, scheinen aber auch keine Lust zu haben, eine Demonstration ihrer unbändbaren Kraft abzugeben. Ein leichter Hauch lässt die Palmen wedeln, nur kurz. Ich sitze auf einem großen Stein unter einer breiten Palme und döse in der Hitze. Es ist erst früh am Tag und es wird sich wohl wieder nichts ändern.

Ein Gecko sitzt plötzlich neben mir und scheut mich nicht im Geringsten. Warum auch? Ich beobachte ihn, und es scheint, als beobachte er mich auch. Am Strand tauchen madagassische Kinder auf, denen die Hitze nichts anzuhaben scheint. Ein wirrer Stoffklumpen dient ihnen als Fußball. Laute Begeisterung begleitet ihr Spiel. Der Klumpen trudelt ins Wasser und verwandelt sich im Sand zu einem panierten Ball.

Die Kinder gehen langsam wieder auseinander. Sie müssen jetzt zur Arbeit. Auf den Zuckerrohrfeldern sammeln sie die Halme auf, die nach der Ernte liegen geblieben sind. Das ganze Jahr ist Zuckerrohrernte. Das ganze Jahr wird Zucker gemacht. Das ganze Jahr wird Rum gebrannt.

Das Hausmädchen kommt mit einem Korb voll geplätteter Wäsche und begrüßt mich auf madagassisch: „N'wowo?" „Gibt's was Neues?" Ich antworte mit „Siss wowo". „Bon" sagt sie, wie alle Madagassen und geht zufrieden ins Haus, um ihre Arbeit zu verrichten. Ich wechsele von Cola mit Rum auf Caipirinha.

Der Gecko ist verschwunden und ich wende mich den Papayas zu, die an einem Strauch neben mir hängen und verlockend lecker aussehen. Ich pflücke eine und lege sie auf die Terrasse. Wenn man sie etwas liegen lässt, schmecken sie saftiger und das Fruchtfleisch ist nicht so hart. Süß und matschig. Das Hausmädchen hält mir einen großen Tiefseefisch vor die Nase. Ich rieche ihren intensiven Geruch von Moschus, den madagassische Frauen zur Haarpflege nutzen. Den Fisch rieche ich nicht. Sieht schmackhaft aus, kalt und seine Schuppen schimmern immer noch so bunt, als wäre er eben erst aus dem Wasser gekommen. Sie redet unablässig etwas auf Madagassisch. Ich verstehe sie nicht und nicke nur mit dem Kopf. Sie wird den Red Snapper zubereiten, soviel habe ich den Gesten entnehmen können. Doch das wird wohl dauern. Kann sein, dass sie ihn heute zubereitet oder morgen. Es ist gleich, denn zum Essen ist zu heiß. „N'wowo" fragt sie zwischendurch und ich antworte brav: „Siss wowo". Ein Spiel, sie findet es lustig, wie ich es ausspreche. Ich sage es gern. Das strengt nur wenig an und ist eine Möglichkeit, mit den Madagassen in Kommunikation treten.

Die Sonne hat sich weit über den Zenit vorgearbeitet. Die Temperatur hat den Zenit noch nicht überschritten. Wenn man sich wenig bewegt, schwitzt man weniger. Die Tagelöhner ziehen in entgegen gesetzter Richtung wieder vorbei. Ihr Arbeitstag ist zu Ende. Nebenan dreht sich ein seit dem Morgen ein Be-

152

tonmischer. Keiner arbeitet. Ich schaue flüchtig rüber und wundere mich nicht. Der Zement ist ausgegangen und alle warten, dass neues Baumaterial kommt. Normal, könnte man denken, aber niemand holt neuen Zement und der Besitzer ist in Grand Ville. Vor dem Wochenende wird er nicht mehr vorbeischauen. Die Arbeit ruht. Niemanden stört es. Keiner rührt sich. Warum auch, es ist heiß. Heute ist heute und morgen ist morgen. Noch eine halbe Stunde, dann verschluckt das Meer wieder die Sonne. „N'wowo?" grüßen die Arbeiter rüber. „Siss wowo" antworte ich lachend. Alle lachen zurück. Abdul steht wie aus dem Nichts plötzlich vor mir. Sein Dienst beginnt mit der Dunkelheit. Ich wechsele von Caipirinha wieder zu Rum-Cola. „Siss wowo".

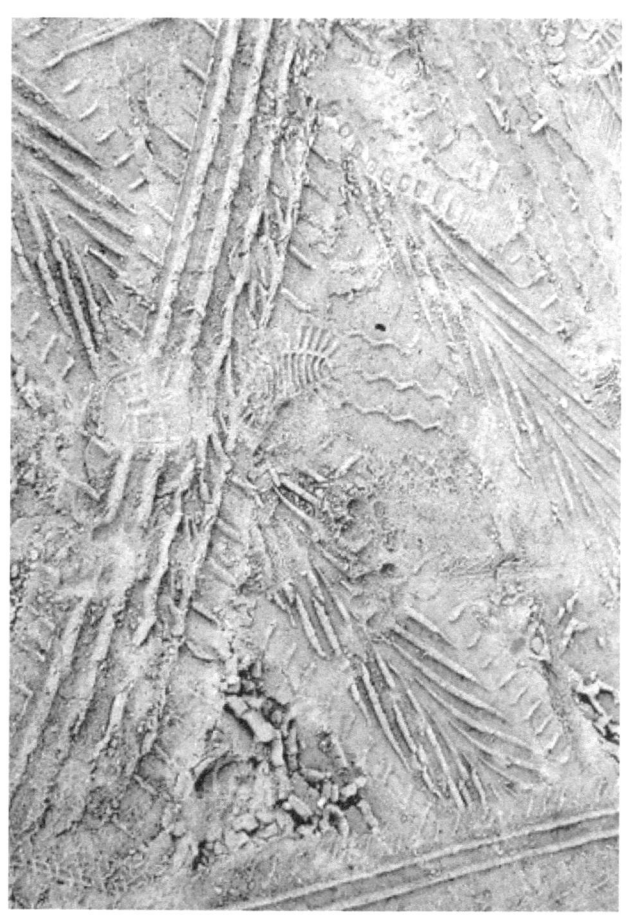

Zwischen Zeiten

Ebbe hat den Strand in Grenzenlosigkeit verwandelt. Der Himmel schwebt - eindimensional und umschließt das Bild wie selbstverständlich.

Das Meer ist auffallend ungegenwärtig und leichter Dunst verschluckt vernebelnd die wenigen, lustlos züngelnden Wellen.

Windstille erstickt die Symphonie der Dünung.

Stille.

Raumlos.

Gedehnte Zeit.

Sachlichkeit distanziert die Leere.

Ich stehe suchend umherschauend und erwache langsam in ungewohnter Dimension. Meine Sinne tasten sich zögernd vor, versuche die Stille zu erfassen und horche fragend nach Vertrautem.

Doch ich bekomme keine Antwort. Die Fremdheit weicht nur zögerlich. Der Blick wechselt seine Gewohnheit. Ruhige Atmung reguliert meinen Tonus, ich bin hypnotisiert.

Umnebelt suche ich Halt. Nur langsam macht sich Gleichmut breit. Ich schaue mich um.

Der Strand ist menschenleer.

Endlos liegt Sand vor mir und hinter mir. Jedoch erkenne ich nur so wenig, wie es verschwimmend sich ihrer Größe entzieht, bleiert alle Konturen ein und bricht scharfe Umrisse auf. Mein Blick verliert sich in unbestimmbarer Weite. Zeitlos irrend, Ferne absuchend, finde ich keinen Fixpunkt

Ich sehe kein Meer.

Langsam schwenkt mein Blick weiter und mein Körper dreht sich mit. Der Sand weicht aus. Ich stehe wässrig fest. Pfützen pressen sich unter mir aus, umschwemmen meine Füße.

Das Meer weicht nur oberflächlich. Ein paar Schritte weiter strandaufwärts bleibt es trocken. Fokussierend geben mir erste bekannte Bilder eine gewohnte Realität.

Sandkörner. Geformte Sandkörner. Wie von achtlosen Bildhauern ahnungslos komponiert, ziehen sich Wagenspuren durch die glatt gespülte Kornfläche.

Kleine Erhebungen und fein ziselierte Rillen zeichnen ein Relief mehrerer ineinander verflochtenen Spurlinien. Wechselnde Richtungen in den gradlinigen Zeichnungen deuten in den Verformungen auf die Zahl der Graveure. Trittspuren füllen dort, wo Leere zwischen den Details der Reifenrillen den Sand unberührt gelassen hat.

Ich schaue auf, versuche der Reifenspur zu folgen. Sie verschwindet nach wenigen Metern im Nichts und zwingt meine Aufmerksamkeit zurück auf die Sandverformung in meiner unmittelbaren Umgebung.

Neben den Reifenreliefs sind immer mehr Abdrücke zu erkennen, die mir zuvor nicht aufgefallen sind. Profile von Sportschuhsohlen zeigen mir, wo deren arbeitende Füße aufgetreten sind. Tierspuren vervollständigen das Bild. Hundepfoten haben kraftvolle Impressionen einer intensiven Bewegtheit hinterlassen. Ein Bild von vertrauten Aktionen malt unwillkürlich ergänzend meine Entdeckungen aus und in meinem Kopf schmückt eine oft erlebte Dynamik die banalen Ursächlichkeiten. Ich stelle mir vor, wie Geländefahrzeuge den Strand überqueren und Jogger ihr Pensum abarbeiten, begleitet von balgenden Hunden.

Alltäglichkeiten.

Zufällige Formen geben ihr Geheimnis preis und differenzieren Lebensnachweise in einer Wasser- und Sandwüste, dessen eingepresste Grafik von nur kurzer Lebensdauer ist. Eine frische Spur kreuzt eine alte, nur um bei der nächsten Flut wieder von der gleichmachenden Kraft des Wassers verwischt zu werden. Ein neues Chaos wartet schon darauf sich einzuprägen.

Wie wird es aussehen?

Die Stille reduziert meine Aufmerksamkeit auf dieses eine Bild im Sand. Der Raum zwängt sich in wenige Quadratmeter und die Zeit scheint still zu stehen. Die Weite hat mich in ihrer Unnahbarkeit auf den Boden gedrückt. Ich verharre für einen kleinen Augenblick und ordne mich diesem Eindruck unter. Nur einen kleinen Augenblick lang. Noch verzaubert sauge ich gierig an dieser Zeitlosigkeit.

Ausatmen.

Ungedrängt drehe ich mich um und verlasse den Ort des Unscheinbaren, der Beachtungslosigkeit, drücke mich unrhythmisch rutschend, stampfend durch den tideverschonten Strand hin zur Promenade. Benommen hänge ich fliehenden Eindrücken nach. Ein Blick zurück lässt kaum erahnen, wo ich meine letzten Gedanken verloren habe. Der aufkommende Wind zerrt an meinen noch frischen Erlebnissen, zerfetzt sie. Ich gehe weiter meinen Weg. Der harte Untergrund des geteerten Weges vermischt meine Konzentration mit der Gegenwart. Vereinzelt huschen noch Silhouetten der Stille hinter mir her. Doch die Zeit hat sich wieder aufgerafft, sie hastet weiter, unaufhaltsam. Nur einen kleinen Moment hat sie innegehalten und mich beschenkt.

Erinnerung.

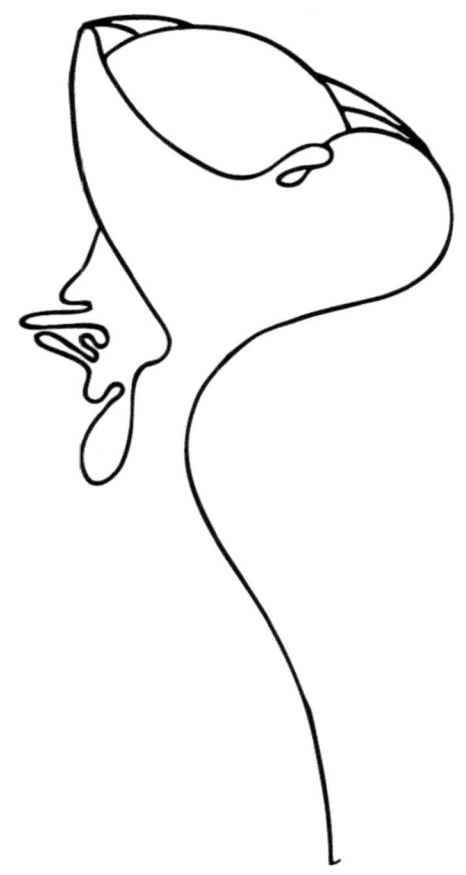

Und zum Schluss Konfuzius

Die radikal-egoistischen Lebens- und Überlebenskünstler asiatischer Herkunft zeichnen sich nicht selten durch gewisse Eigenheiten aus, die wir schon so stark adaptiert haben, dass es uns fast nicht mehr auffällt. Da habe ich doch tatsächlich erst kürzlich in einem gutbürgerlichen, deutschen Restaurant die Bestellung auf Chinesisch abgegeben.

„Also, ich nehme die 13 als Vorsuppe, dann die 37 und dazu ein Viertel ihres Chateau de la Maison und meine Frau nimmt die 17, extrascharf und danach die 64 ohne Nudeln, dafür bitte mit Crokette chinesoise. Nein, sie nimmt keinen Rotwein, nur Wasser wie bitte? Ja, das sprudelnde Hauswasser. Danke"

Als mir bewusst wurde, wie normal dieser Vorgang mittlerweile sogar für die Kellner geworden ist, denn unsere Bedienung schrieb exakt nur die Zahlen und meine Extrawünsche auf, kreisten meine Gedanken etwas vom Esstisch weg zu den großen kulturellen Errungenschaften, die über Jahrtausende von Chinese zu Chinese weitergegeben worden sind und mit großer Ehrerbietung den unseren gegenüber gehalten wird.

Während wir Neandertaler noch mit der Keule in der Hand unsere Frauen an den Haaren hinter uns her zerrten, schnitzte der Urchinese schon an Drachen-Figürchen aus Jade für seine Obrigkeit zur Zierde und Kurzweil, die nicht nur dokumentieren, wie geschickt er schnitzen konnte, sondern auch, wie weit damals schon die chinesische Kultur sich dem Schöngeist hingab.

Sehr früh schon, als bei uns noch Teutonen in den Wäldern wohnten oder eher hausten, gab man sich in China nicht nur der Gesangskunst als geistige Erbauung hin, sondern stritten die Freunde des Geistes und der Erleuchtung, Konfuzius und Xunzi, sich über Geisteshaltung und Sitten in Aphorismen und lyrischen Versen.

Zu dieser Zeit haben wir Europäer vielleicht gerade einmal aufrecht zu gehen gelernt und gedichtet hat damals hier zu

Lande niemand, zumindest ist es mir nicht bekannt. Sehr wohl aber ist bekannt, dass sich die chinesische Tradition keinem modischen Schnickschnack hat unterwerfen lassen und unbeirrt an den Wurzeln ihrer Kultur festhielten und bis heute ihren Konfuzius ehren, die der gebildete Kaukasier mit großen Respektsbekundungen oft vielsagend und inhaltsschwanger zitiert.

Sehr wahrscheinlich haben die Chinesen damals schon diese Form der zahlenkodierten Bestellung erfunden, denn bis heute herrscht in China eine eher babylonische Sprachverwirrung, durch die dieses riesige Land wohl auf ewig geteilt bleiben wird.

Seitdem aber der Chinese mit der Ausreise in den wilden Westen des Landes der unbegrenzten Möglichkeiten eine, für sich als lebensqualitätssteigernde Alternative zum heimatlichen Hungertod entdeckt hatte, entstanden überall dort, wo er schon sehr bald weltweit sesshaft wurde, diese chinesischen Garküchen, die fast immer „Shanghai" oder „Zur großen Mauer" heißen und in denen noch heute notorische Sprachphobiker vom Gast die Bestellung mit der Nachfrage entgegen nehmen: „Welche Nummel, bitte?"

Natürlich bleibt der Chinese dabei stets höflich und setzt mit untertäniger Körperhaltung sein genetisch verankertes Lächeln auf, selbst dann, wenn er keine Silbe von dem verstanden hat, die der Gast ihm an den Kopf geworfen hat.

Nehmen wir folgenden Dialog einmal als kölsches Musterbeispiel:

„Hier, hör' ma', Du Schlitzauch, hammer hück och Schweinefleisch süßsauer, oder watt? Jo, ei'mol für misch, nä, und ming Frau kritt die Pekingent' … un zwei Kölsch, ever ens flöck jetz. Häste misch verstanden?"

„Welche Nummel, bitte?"

„Watt?"

„Welche Nummel, bitte?"

„Nubbel…?" Dieser Lautverschiebungshörerkennung gibt der rheinisch

Geprägte gerne und immer sehnsüchtig nach.

„Näää, Heinz, dä will wisse, watt datt für'n Nummer op d'r Kaat is, luur doch ens schnell, isch han ming Lesebrill verjesse."

„Ach, so, jo, datt muss einem doch och ens jesaat wede. Welsche Nummer hätt ding Pekingent' dann, Liesbeth?"

„Och, Heinz, Du doof Nuss, luur doch ens in die Kaat erin, datt steht do doch irjenswo."

„Ach, jo, hier, wachte, isch han'et. Die sibbenunvezisch …"

„Welche Nummel, bitte?"

„Siebenundvierchzisch, ja verstehst Du dann kein Deutsch? Leven Jott noch, der Chinamann, ze doof für ze Kacke, ever koche kanner jot."

„Auch tlinken?"

„Jo, han isch doch ad jesaat! Zwei Kölsch, ever ens flöck jetz!"

Lassen wir einmal die Fähigkeit der sprachlichen Anpassung des chinesischen Mitbürgers außen vor, so wird man in jedem Chinarestaurant ein Interieur vorfinden, bei dem so manches Museum neidisch werden müsste, wüsste man nicht, dass es alles nur Duplikate und Plagiate sind. Ungeachtet dieser chinesischen Vervielfältigungskunst zeugen in diesen modernen Garküchen riesige Buddhas und raumfüllende, hölzerne Halbreliefs von einer alten Tradition, die selbst der als zurückhaltend bekannte Chinese mit unverhohlenem Stolz zur Schau stellt. So alt wie die Motive der Aquarelle sind, so unverändert lieben alle Chinesen ihre Dichtkunst und Konfuzius. Und dieser Konfuzius hatte damals dem chinesischen Volk viele praktische Dinge für das Alltagsleben in seinen bekannten Versen aufgeschrieben, die auch heute immer noch für jeden Chinesen eine große Hilfe in seinem, von Entbehrungen und harter Arbeit geprägten Leben sind.

Ich gebe es ja ungern zu, aber auch meine Familie isst hin und wieder einmal die Glutamat angereicherte, frische, chinesische Vollwertkost ganz gern und so bin ich beim letzten Besuch dieser jahrtausendalten Tradition chinesischer Dichtkunst, dem Geiste von Konfuzius und Laotse begegnet und zwar dort, wo man es sicher am wenigsten erwartet hätte: Auf dem Klo.

Mit einer geradezu euphemistischer Alltagslyrik akribisch ausformuliert stand auf dem Klopapierhalter in konfuzianischer Schlichtheit:

„Kein Papier -
dreh hier."